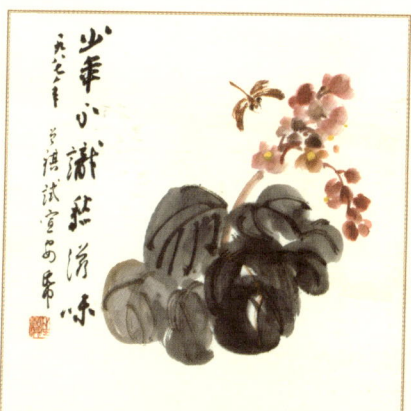

EX·LIBRIS

人 间 草 木

/ 插图本 /

汪曾祺

著

人民文学出版社

图书在版编目(CIP)数据

人间草木：插图本/汪曾祺著.—北京：人民文学出版社，2020（2025.8重印）
（汪曾祺散文小丛书）
ISBN 978-7-02-015967-3

Ⅰ.①人… Ⅱ.①汪… Ⅲ.①散文集—中国—当代 Ⅳ.①I267

中国版本图书馆CIP数据核字(2019)第298510号

责任编辑　李玉俐
装帧设计　陶　雷
责任印制　张　娜

出版发行　人民文学出版社
社　　址　北京市朝内大街166号
邮政编码　100705

印　　刷　三河市龙林印务有限公司
经　　销　全国新华书店等

字　　数　160千字
开　　本　850毫米×1168毫米　1/32
印　　张　9.625　插页18
印　　数　87001—92000
版　　次　2020年6月北京第1版
印　　次　2025年8月第23次印刷

书　　号　978-7-02-015967-3
定　　价　56.00元

如有印装质量问题，请与本社图书销售中心调换。电话：010-59905336

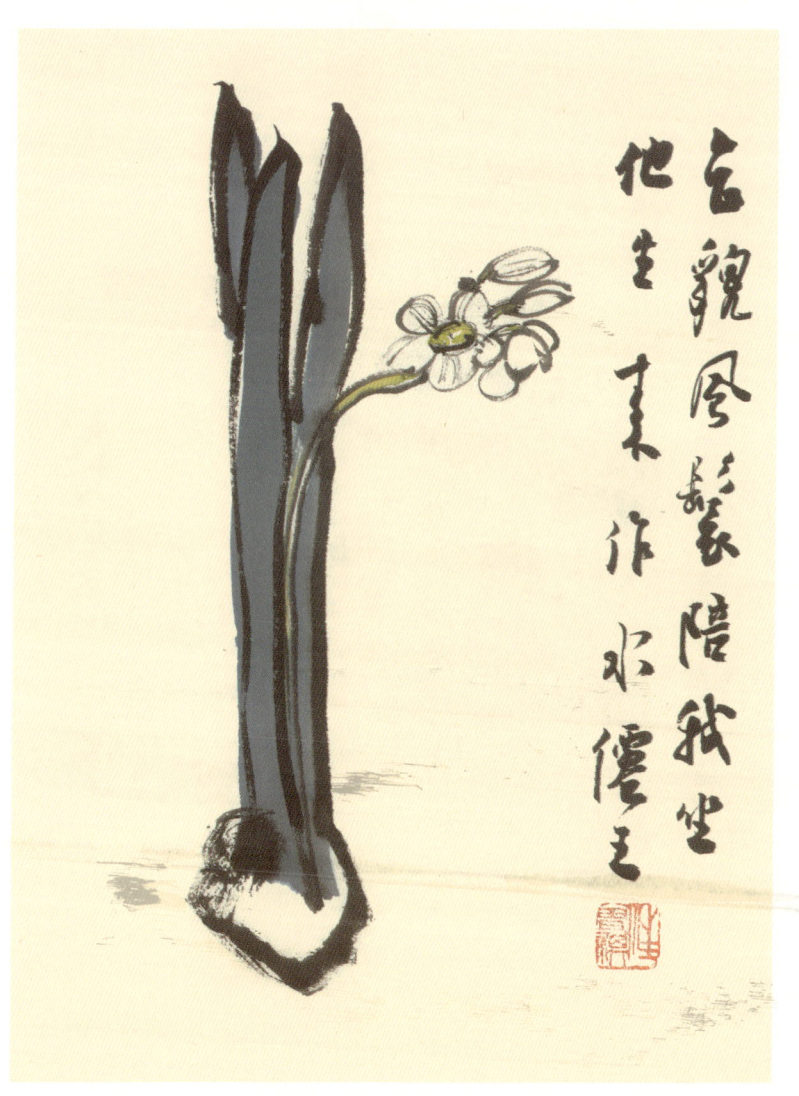

乞貌风鬟陪我坐，他生来作水仙王

八大山人有此本

散文紫薇插图

故园东望路漫漫,双袖龙钟泪不干。
马上相逢无纸笔,凭君传语报平安。

干卿何事

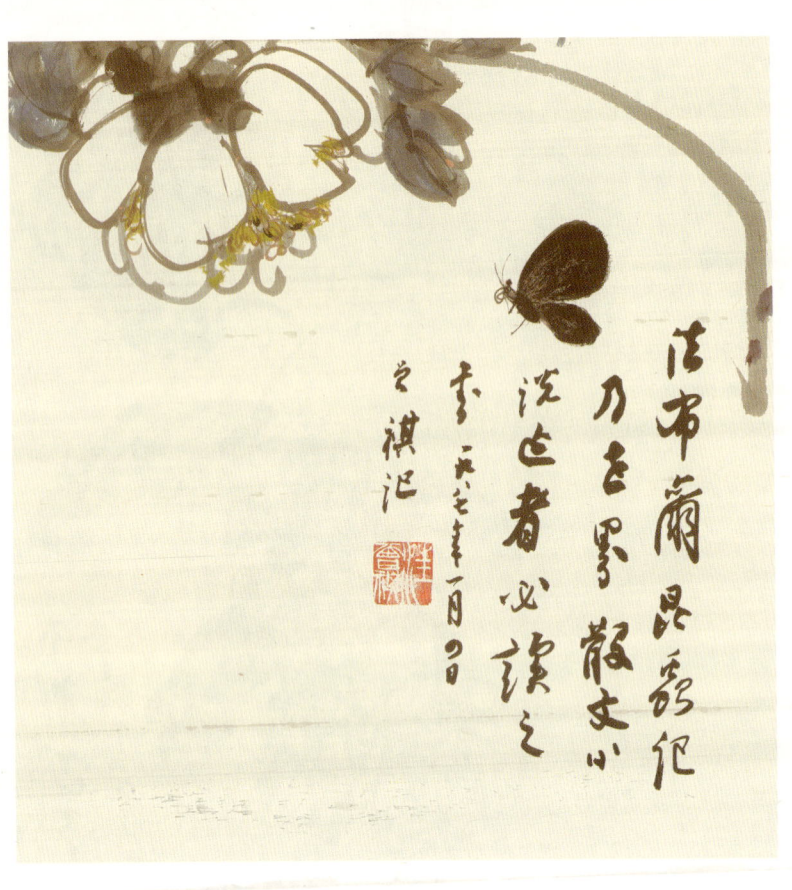

法布尔《昆虫记》乃世界散文小说作者必读之书

一九九二年岁暮

西风愁起碧波间

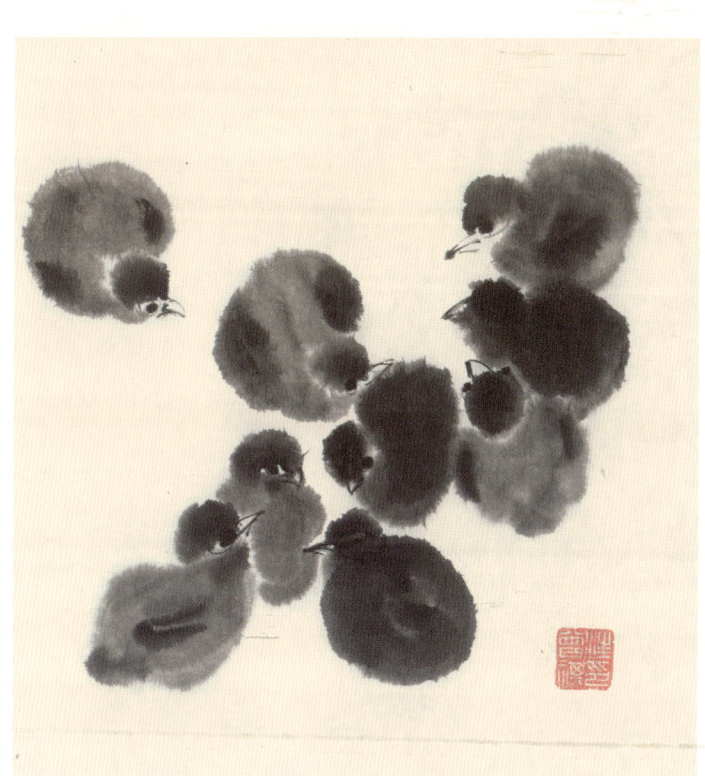

一九八四年六月十六日
写野藤一本 曾祺

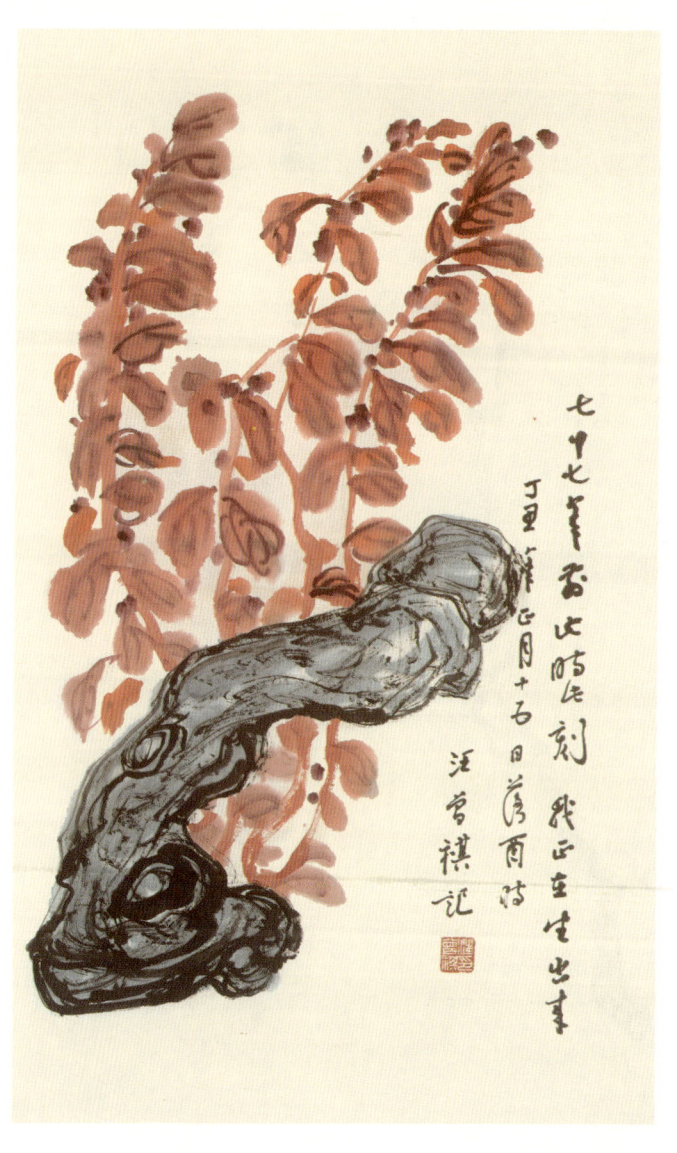

七十七年前此时此刻我正在生出来

丁丑年正月十五日落酉时

汪曾祺记

或云楝实鸟喜食，实不然，楝实苦涩

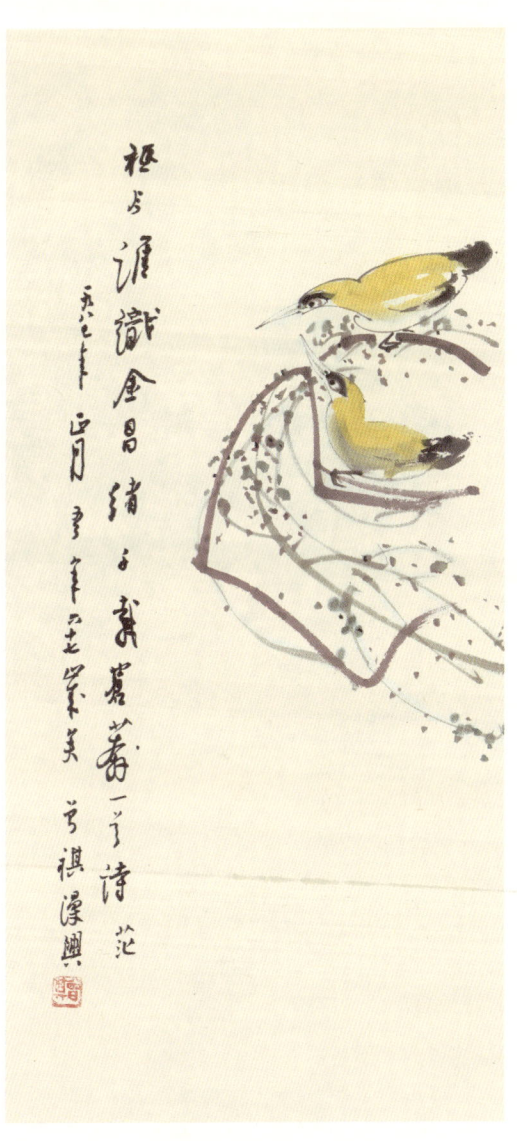

祗今谁识金昌绪,千载苍茫一首诗
一九八七年正月 吾年
六十七岁矣 曾祺漫兴

新沏清茶饭后烟,自搔短发负晴暄。
枝头残菊开还好,留得秋光过小年。

窗外雨潺潺

红花莲子白花藕,果贩叶三是我师。
惭愧画家少见识,为君破例著胭脂。

鉴赏家

解得夕阳无限好 不须惆怅近黄昏

夏雨

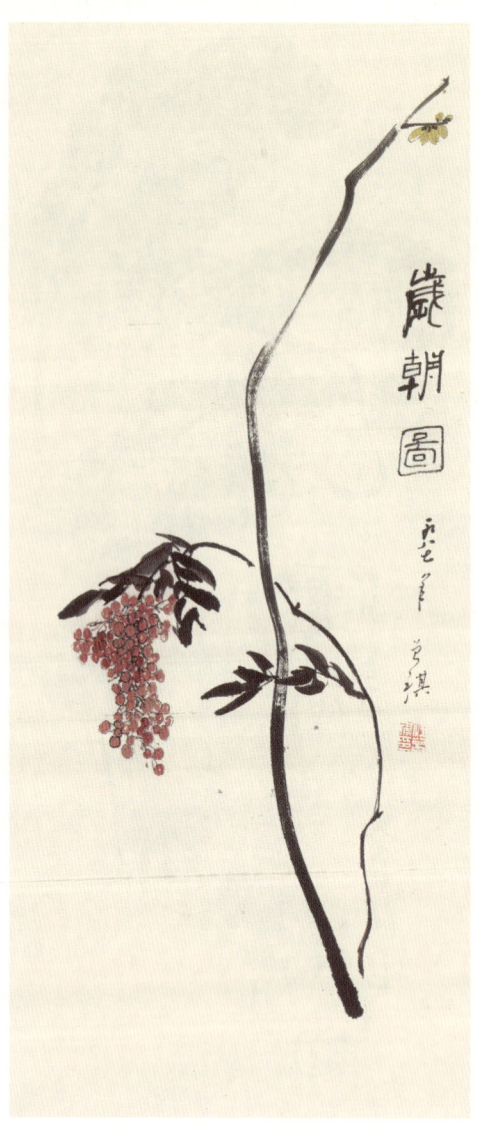

岁朝图

人境

郎今欲渡缘何事，如此风波不可行

沿河看柳

目　录

烧花集

小贝编	003
家书	012
烧花集	015
灌园日记	018
花园——茉莴小集二	021
花·果子·旅行——日记抄	033
干荔枝	038
昆明草木	042
飞的	048
蝴蝶:日记抄	052
勿忘侬花	055
蜘蛛和苍蝇	061
道具树	066
冬天的树	070
马莲	079

果园杂记　　　　　　　　080

关于葡萄　　　　　　　　084

人间幻境花果山

人间幻境花果山　　　　　　099

翠湖心影——昆明忆旧之一　　103

昆明的雨——昆明忆旧之三　　111

随笔两篇　　　　　　　　116

昆明的花——昆明忆旧之六　　128

生机　　　　　　　　　　134

香港的鸟　　　　　　　　138

桥边散文　　　　　　　　141

香港的高楼和北京的大树　　150

灵通麻雀　　　　　　　　153

云南茶花　　　　　　　　155

紫薇　　　　　　　　　　158

腊梅花　　　　　　　　　163

熬鹰·逮獾子　　　　　　166

滇南草木状　　　　　　　168

夏天的昆虫　　　　　　　174

美国短简　　　　　　　　178

野鸭子是候鸟吗？——美国家书　188

人间草木

淡淡秋光	193
冬天	199
人间草木	203
雁不栖树	209
泰山片石	211
录音压鸟	229
岁朝清供	232
花	235
昆虫备忘录	243
夏天	249
一技	253
果蔬秋浓	256
颜色的世界	262
果园的收获	265
彩云聚散	270
北京的秋花	273
草木春秋	279
猫	289
下大雨	292
草木虫鱼鸟兽	293
北京人的遛鸟	299

烧花集

小贝编*

一　小贝编

　　窗前这片雨是那朵山头的轻云。
　　胭脂果重新开出漫山鲜亮的花。
　　花在你百折的裙裥里等待风信：
　　昨天花朵下我有我的瓶。
　　今天我瓶里开了满瓶花。
　　舀一瓢水也舀一瓢影子：
　　珊瑚的红完成了绿的海。
　　珊瑚有港，港有灯塔，有雾。
　　洞庭多落叶，树依然是树；

二　小贝杂录

> 小时候我有一方樱红的水晶,里头有个小小虫儿,记不得是金妈妈是碧蟢蟢,整整二十年了,我才真想起它一回。

鸽子和钟声,好太阳,开窗,金银花香里我有我的小学校。我记得小学校里许多事情,其中最切的两件,姓詹的胖斋夫翦冬青树和我们的书,书大都有字也有画,长大了我颇为它们胡涂过,这些画是解释字的呢,还是字解释画?不知我曾否喜欢过那些字,但至今还是喜欢画的。并且,我的爱画与字无干。起先,画多字少,漫漫的画比较少了,我们自己仿佛也写在那些字里,画在那些画里,和在里头变。因此即使觉得,也不说出;直至说出,才真算觉得。我说"少了",恐怕那是日后的事,是看惯了没有画的书时的经验了。詹胖子都老了;一排一排的冬青树头翦平了又长圆了,而我们似乎不断的比冬青树矮,冬青树上留名,故事里头没有,但青梧绿竹随处皆有,你看看那些题刻,心下如何?"画少了呢。"这句话太吓人,我从来没听过有人敢大胆说过,倒是有一次放学回来,玩了半天,我忽然想起来告诉姐姐:"我的画也没有颜色了。"姐姐不响,拿过我的书翻了翻,灯下她有个很好思想:"这是多么一个得意;没有颜色可以自己填。"青制服,红帽子,小猫是黄的,小狗也是黄的,所惜者,我们的色牒有限,所幸者,则颜色先有而后有颜色名称;我们常用了我们不知道的颜色。

我想回去,回去看看那些书,那些画,看看填的颜色,也看看有没有还白着的,如果有,刚才我想:我填;现在,我已经想不那么做了,因为我不会那么做的,并且我知道。我想,街上我会碰到詹老头子。

犹之百花丛中你看见一朵花,那是一朵花,等一瓣一瓣描给自己时,便非像适才所见,且恐怕就不是一朵花了。

人在梦里是个疯子,疯人想必不作梦,我有一个梦,梦成一句话:"秋天是一节被删的文章。"梦时不甚了了,当然也就仿佛懂得,知道梦了多少时候,那实在是一个奇妙的结构,没有人,没有声音,灯上取一点,花上取一点,虹上取一点向百物提来一个概念像合成一片红,这片红又赋得一个形式而成了我的梦:天地奄参:当中一条大路,干而且白。

路上甚么也没有。有风,但风透明无物。不多近,不多远,他们,——我说是那些命定的标点,一个个站着,高高翻起衣领。这边看看,又看看那边,我笑出来又觉得真不该,我有点难受,半天我没跟人说一句话,寂寞。

另一次,另一个梦,我甚么也不为的兴奋得出奇。白天我劳顿得像行军时拖在后头的矮兵,可是我没有他一样的睡眠:一二一,左右左,这样简单而永无绝断(连环小数一般的)事物挂着我如挂一个摆。七天,整整的七天,我瘦了。你在太阳下烧过纸或是草之类的东西么,你该看见过火上的空气。那跳动的样子,也许像几张糯子纸叠在一处。我那七天常有的感觉便是那样,偶然阖眼,我便做起喝水的梦,我喝得非常舒服,水的冷暖甜咸各有不同。尤其是难以分辨的是那一次一不同的舒服,可是我当时的确非常明白。一句老话,真是"如人饮水"了。(那种舒服,实几近于快乐了)第七夜,我严肃而固执的(不知向谁)说:

"所有的东边都是西边的东边。"

我念着念着,梦里心想莫又忘了,醒来果然竟没有忘。我想起优钵的花。

一个仙谷开满艳红的大花,一条黑蛇采食百花,酿成毒,想毒死自己。结果蛇是没有了,花尽了,谷中有一蛇长长的毒。所有的东边都是西边的东边。

假若,世上甚么也没有,除了镜子,这些镜子是甚么,它有甚么?

窗子里的窗子

一天,我独自去一个市郊公园去看孔雀。人真少,野渡无人舟自横,我在一个桥上坐了半天,大风里我把一整盒火柴都划亮了,抽烟的欲望还不能满足。孔雀前面我本身是个太古时代。想,捡两根孔雀毛回去做个见证,可他偏不落。不落便不落吧,能怨怪谁去。孔雀使我想起向日葵:影转高梧月初出,向日葵不歇的转,虽然谁能说:"你看,它在转呢。"于是它无时不有个正面的影子。(或许是背影。但地上的正背原是一样,亦要不是侧影就成。)一片广场上植满向日葵,那图案是孔雀的翎。我们小学校中做手工时,先生教用铅笔刨花贴在纸上做蓊秋罗,其实若做向日葵的影子才真合适。孔雀有蛇一样的颈子,可是它依然不能回头看自己开屏。第一只孔雀把它的悲哀留在水里给我。

然而,一切光荣归诸神!

是的。这是装饰的意义和价值。每天早上,我醒来。好春天,我醒得如此从容,好像未醒之前就知道要醒了,我一切都在醒之前准备好了。我满足而宁静。"幸福",我听见

一个声音。窗前鸟唱,我明白那唱的不是鸟。枕上嗅到的,不是香,宁是花。莫问我花为甚么开,花不开在我眼睛里,而我满心喜悦,满心感谢。

有人喜欢花开在瓶里比开在枝上更甚,那是他把他自己开在花里了。一样最美的事物是完整的,因为完整,便是唯一的。一首乐曲使乐曲之外的都消失了。

我信仰"一切不灭",但因此我尊重插花的人。

插花须插向,鬓边斜。你想起甚么呢,创造?

我有一个故事。一个精于卜卦的窑工,造了一只瓶,并卜了一卦。两件事都做得非常秘密。几年之后,这只瓶为一个阀阅豪家买去,供在厅事的几案上。这窑工乔装了一个古董商,常往豪家走动。某天,他很早便叫醒自己,结束停当,去拜见豪家主人,他有那么丰富的知识,字画、器玩。花鸟虫鱼,烟酒歌吹,无一不精;故能把主人留在厅上整整半天。炉香细细,帷幕沉沉,静得像一个闭关的花园,灰尘轻轻地落下来。主人看那窑工(我只能如此称呼他)直视壁上的钟,脸上越来越紧张,越来越严肃,正要叫他,他一摆手,噤住主人的声音,一切全凝固了。忽然,他抖了一下,那要求的事情终于求了:丁,瓶碎了。"呵!"他满眼泪光,走过去,在碎片中寻出一片,细致的凹面上读出一行工整的蓝字:"某年月日时刻分,鼠斗□朽钉毁此瓶!"两声唧啾,使主客都寒噤。

这窑工会从此不造他的瓶了,不卜他的卦了呢,你想?

每一朵花都是两朵,一朵是花;一朵,作为比喻。

可以互相比喻的事物原是很多的,我们的世界是那么大。

我有过一把檀木镂刻的折扇,我早就知道它会散的。

我整天带着它,打开又合拢,我让风从空花中过去,

于是从来便是旧了的丝带断了。

我想起"自己"。

一天,我去看一个朋友。他正要出去一会,教我先坐一会。我挑了一张椅子,自己倒了一杯茶。"××来了一封信,在这里",我的信才看了一半时,一个风尘满面的人敲敲门进来了。"是了,"我仿佛听见他心里的话。他一定从街这边看到街那边,(那他一定看到墙上的标点,屋檐下的鸽子,一朵云,一枝花。)才找到他要找的号数。他一只手提了皮箱,另一只手在皮箱上摸来摸去。(他想:总不免的,一开头有点窘,唉,我总是这么局促:但是不妨事,就会好的。)我放下信,觉得该站起来招呼。在他看到那个信封而脸上有点笑意时,我接过他的箱子。这个人是常出门的,他的箱子上嵌有一张名片。我还没看进名片上的字,那人恳切的握了我

的手,接着便说起他在路上大略想过一遍的话来。

"令兄的信大概前两天到了。我们,唉,我与令兄是老朋友。

"他的病全好了。现在还住在老地方。

"现在还须要休养休养,一时不会做甚么事。他想整理一点旧稿子。你这里如果有,就给寄出。

"都希望你暑假出玩玩呢。快了,还有不到两个月了。

"车子,嗨,就是车子难找。不过,总有办法,总有办法。"

我一面含含胡胡应答,一面狐疑,这个人是怎么回事呢?一直等他说个尽兴,我给他倒了杯茶,自己也把那杯没有喝的茶端起。嘴里说"一路辛苦了,路不平。"心想怎么应付。忽然,那个信封在我眼前清楚起来,我笑了。

"请坐一坐,他一会儿就回来。"

我细细的喝茶,让茶从我的齿缝间进去。瞟了瞟这位客人的鞋子,想看看他那名片依然没有看清。我那朋友就要来了。他会不会老拿问我的话问这位先生:"来了多少时候了?"那可糟,他一定回答不出,有多少人会先看看表坐下来再来等人的。他一直没看表。

你大概都住过旅馆。当茶房把钥匙交给你,你在壁上那面照过无数人的镜子里看一看,你要出去了。门口账房旁边一面大牌子等着你,×××,你会看到自己的名字。我喜欢那一个发现,一个遇合,不啻被人亲切的叫了一声。一个主人,一个客人,多么奇特的身分!我想以后不再在登录册上随便写两个或三个字,虽然事实上我以前也不常这么做。那位先生在皮箱上嵌个名片,他实在可爱得很。

每一个字是故事里算卦人的水晶球,每一个字范围于无穷。我们不能穿在句子里像穿在衣服里,真是!"记得绿罗裙,处处怜芳草"?"马为仰天鸣,风为自萧萧"? 不早了,水纹映到柳丝上了。

一九四三年三月十日

* 本篇原载1943年4月28日、5月1日昆明《大国民报》;又载《人民文学》2010年第七期。

家　书*

"又是花园去了,不弄得一身绿不回来。……"

我仿佛躲在窗台下,咬着舌头听过这些话,然后轻轻的蹑足走进房间里,用一个笑等待被发现。忽然从背后抽出一支花。我喜欢红花,但是抽的一枝玉色的,我的头发乱了,我得去梳,头发软软的,说明一切感觉。

我想我开始留意呵,应是在我们那个花园里。我记不起甚么时候我第一次走到花园里去。但我觉得我那一身绿。我到花园里去,并非想去得到些甚么,好像我就只为了到那里面去。我知道那是我们的家的一部分,而那边却不住人,我就得去,像许多以过程为完成的探险家一样。我也不知道我在里面做些甚么,可是一进去,就是半天。我们所玩的事物无非还是在家里玩的,但是在家里玩就不会需要那么些时候。

——一身绿,一身绿,那是千真万确的。小孩子对于草的兴趣远比对于花的大得多。草是床,是凳子,可以从心所欲作为一切的东西。我的肘弯膝盖，凡是衣服容易破的地方，沾染草汁尤其甚多。巴根草带红色的茎很顽强，把我的鞋底磨得很滑，还发青黑色的光，我老怀疑巴根草里有铁。但他们不会注视我的鞋底。

我们家里很静。我很能分辨这种静与我们小学校课堂里的静不同，我们小心藏住自己的声音，就像藏住口袋里一个黄嘴的麻雀一样。好在这是有限度的。先生说，你们一齐读罢："亚洲的东边……""纪元前四百七十一年……"我们的声音里有共同的欢喜，一面读，一面听。听下课铃就要响了。可是家里和学校里不同，静不为我们所有，我们是属于静的，一种没有起始也不会结束的静。我是喜欢这种静的，它那么温和，那么精致，又那么忧郁。

甚么都很好。我喜欢父亲翻书的声音，从那声音里，我觉得书页极薄，而且像微干的鸡蛋壳里的那层膜子那么白。青鸰子鸟在青玉池里洗澡了，一团小雾在阳光里，阳光里有一道浅虹。这些，只如水面上的一个水纹，消失与产生一样自然。而晚上，灯光把帘子的影子铺在地上，我常想我在帘影里。似乎我便不在其他之中了。后来我想我至少还在静的里面。

但是我分不出花园里的静与家里的静有甚么不同。虽然我知道，很确信不移，那是不同的。我想找一个理由解释

这个不同,可是除了那里面没有人之外,我找不出更好的解释了。

围墙外面是一个狭长的天井。天井两端种了一棵桂花和一棵玉兰。风吹在两棵树的叶子上发出不同的声音,曾经想移到园里去,免得寒天不住掉叶子。祖父说,"老了不行了",不知哪一年上竟毫无预备的死了。既在生前,也似乎很少开过花。

这个天井是"站砖"铺的,颜色比别处深得多。因为狭长风少,夏天我们不到这里乘凉。用人在这里洗衣服,故终年有肥皂气味。

总之我不喜欢这个地方。不会在这里连缱而把到花园去的念头消化了。有一阵我在这里捉到好些好些黑芦蜂,但我愿把这个记忆放在园里。

* 本篇原载1943年7月24日《春秋导报》。

烧 花 集*

一叶落而天下知秋。秋与知是否邈不相关？二而一？管它！落下一片叶子是真的。普天下决不能有两片叶子同时落，然而普天下并是那一个风也。只要是吹的，不管甚么风。风不可捕，我拾起这片叶子。红的么？

我的欢情，那一枝……

一片寂静的树枝中，有一枝动了，颤巍巍的；韵律与生命合成一体，如钟声。于是我想起，一只小鸟，蹬一蹬，才从这里飞去。静是常，动是变，然而任何一刻是永远。

"有笑的一刻，就有忆笑的一刻"，一笑是无穷。

没有人能够在看到之后才认识。你是跟我的生命一齐来的。"美的定义是引起惊讶与感到舒适"；后者是已经熟悉的，前者是将会熟悉的：希望的眼睛与回忆的眼睛有同样的光，因为它们本来是一个。回忆未来的风雨晴晦，你看，天

上的云,多真实。

水至清则无鱼,然而历历可数岂非极可喜境界?

——历历可数么?不可能的。一尾,两尾,三,四,虎皮石边,白萍动了,一个水花儿,银鳞翻闪,唶,红蓼花边的眼睛映一点夕阳如珠,多少了?忘了。单是数本身就是件弄不清的事。"我还没有到能静静分析自己的年龄",永远也到不了。

"想到你的爱特别是一种头脑的爱,一种温情与忠诚的美而智的执著"。芥龙为这句话激恼了。

一枝西番莲以绿象牙的嫩枝自陶缶中吮收水分。一只满载花粉的蜜蜂触动花瓣,垂着细足飞出窗外。幸福可见如十指。

附　烧花集题记

终朝采豆蔻,双目为之香。一切到此成了一个比喻,切实处在其无定无边。虽说了许多话,则与相对嘿无一语差不多少,于是甚好。我本有志学说故事,不知甚么时候想起可以用这样文体作故事引子,一时怕不会放弃。去年雨季写了一点,集为《昆虫书简》,今年雨季又写了《雨季书简》及《蒲桃与钵》,这《烧花集》则不是在淅沥声中写的了。□是一个不同耳,故记之。"烧花"是甚么意思,说法各听尊便可也。谁说过"花如灯,亮了",我喜欢这句话,然于"烧花"亦自是无可不可。

卅二年十二月二日

* 本篇原载1943年《建国导报》第一卷第一期。

灌园日记*

朱砂梅与百合

朱砂梅一半开在树上,一半开在瓶里。第一个原因是花的性格,其次才由于人性。这种花每一朵至少有三个星期可见生命,自然谢落之后是不计算在内的,只要一点点水,不把香,红,动,静,总之,它的蕊盛开了,决不肯死,而且它把所有力量倾注于盛开,能多久就多久。

有一种百合花呢,插下来时是一朵蕾儿,裹得那么紧,含着羞,于自己的美;随便搁在哪儿吧,也许出于怜惜,也许出于疏忽的偶然,你,在鬓边,过两天,你已经忘了这回事,但你的眼睛终会忽然在镜里为惊异注满光和黑。——它开了,开得那么好!

荔　枝

荔枝有鲜红的壳,招呼飞鸣的鸟,而鸟以为那一串串红只宜远处看看,颜色是吃不得的。它不知道那层壳是多么薄,它简直忘了它的嘴是尖的唉,于是果实转因此而自喜。孤宁和密合都是本能。而神又于万物身内分配得那么势均力敌,只要那一方稍弱些,能够看到的便只一面:荔枝壳转黑了,它自己酿成一种隽永的酒味。来,再不来就晚了。

一枝荔枝剥了壳,放在画着收获的盘子里。一直,一直放着。

蝴　蝶

我有两位朋友,各有嗜好,一位毕生搜集各色蝴蝶,另一位则搜集蝴蝶的卷须。每年春天,他们旅行一次。一位自西向东,一位自东向西,某天,他们同时在我的画室里休息。春天真好,我的花在我的园里作我的画室的城。但他们在我这里完全是一个旅客,怎么来,还是怎么走,不带去甚么。

蒲公英和蜜蜂

蒲公英的纤絮扬起,它飞,混和忧愁与快乐,一首歌,一个沉默。从自然领得我所需,我应有的,以我所有的给愿意接受的,于是我把自己又归还自然,于是没有不瞑目的死。

一夜醒来,我的园子成了荒冷的邱地。太多的太阳,太多的月亮,园墙显得一步一步向外移去,我呆了,只不住抚摸异常光滑的锄柄,我长久的想着,实在并未想着甚么,直到一只蜜蜂嘤然唤我如回忆,我醒了。

我起来,(虽然我一直木立)虽然那么费力,我在看看我的井,我重新找到我的,和花的,饮和渴。

卅三年二月四日夜　鸡鸣月落　疏星在极高远处明昧

* 本篇原载1944年2月22日、29日昆明《扫荡报·现代文艺》第13、15期;又载1944年3月20日桂林《扫荡报·现代文艺》第42号,有改动。

花　园*

——茱萸小集二

在任何情形之下,那座小花园是我们家最亮的地方。虽然它的动人处不是,至少不仅在于这点。

每当家像一个概念一样浮现于我的记忆之上,它的颜色是深沉的。

祖父年青时建造的几进,是灰青色与褐色的。我自小养育于这种安定与寂寞里。报春花开放在这种背景前是好的。它不至被晒得那么多粉,固然报春花在我们那儿很少见,也许没有,不像昆明。

曾祖留下的则几乎是黑色的,一种类似眼圈上的黑色,(不要说它是青的)里面充满了影子。这些影子足以使供在神龛前的花消失。晚间点上灯,我们常觉那些布灰布漆的大柱子一直伸拔到无穷高处。神堂屋里总挂一只鸟笼,我相信即是现在也挂一只的。那只青裆子永远眯着眼假寐,(我想它做个哲学家,似乎身子太小了。)只有巳时将尽,它唱一会,洗个澡,抖下一团小雾在伸展到廊内片刻的夕阳光影里。

一下雨,甚么颜色都重郁起来,屋顶,墙,壁上花纸的图案,甚至鸽子:铁青子,瓦灰,点子,霞白。宝石眼的好处这时才显出来。于是我们,等斑鸠叫单声,在我们那个园里叫。等着一棵榆梅稍经一触,落下碎碎的瓣子,等着重新着色后的草。

我的脸上若有从童年带来的红色,它的来源是那座花园。

我的记忆有菖蒲的味道。然而我们的园里可没有菖蒲呵?它是哪儿来的,是那些草?这是一个无法解决的问题。但是我此刻把它们没有理由的纠在一起。

"巴根草,绿阴阴,唱个唱,把狗听。"每个小孩子都这么唱过吧。有时甚么也不做,我躺着,用手指绕住它的根,用一种不露锋芒的力量拉,听顽强的根胡一处一处断了。这种声音只有拔草的人自己才听得见。当然我嘴里是含着一根草了。草根的甜味和它的似有若无的水红色是一种自然的巧合。

草被压倒了。有时我的头动一动,倒下的草又慢慢站起来。我静静的注视它,很久很久,看它的努力快要成功时,又把头枕上去,嘴里叫一声"嗯!"有时,不在意,怜惜它的苦心,就算了。这种性格呀!那些草有时会吓我一跳的,它在我的耳根伸起腰来了,当我看天上的云。

我的鞋底是滑的,草磨得它发了光。

莫碰臭芝麻,沾惹一身,嗐,难闻死人。沾上身了,不要用手指去拈,用刷子刷。这种籽儿有带钩儿的毛,讨嫌死了。至今我不能忘记它:因为我急于要捉住那个"都溜"(一种蝉,叫得最好听),我举着我的网,蹑手蹑脚,抄近路过去,循它的声音找着时,拍,得了。可是回去,我一身都是那种臭玩意。想想我捉过多少"都溜"!

我觉得虎耳草有一种腥味。

紫苏的叶子上的红色呵,暑假快过去了。

那棵大垂柳上常常有天牛,有时一个,两个的时候更多。它们总像有一桩事情要做,六只脚不停的运动,有时停下来,那动着的便是两根有节的触须了。我们以为天牛触须有一节它就有一岁。捉天牛用手,不是如何困难工作,即使它在树枝上转来转去,你等一个合适地点动手,常把脖子弄累了,但是失望的时候很少。这小小生物完全如一个有教养惜身份的绅士,行动从容不迫,虽有翅膀可从不想到飞;即是飞,也不远。一捉住,它便吱吱纽纽的叫,表示不同意,然而行为依然是温文尔雅的。黑地白斑的天牛最多,也

有极瑰丽颜色的。有一种还似乎带点玫瑰香味。天牛的玩法是用线扣在颈子上看它走。令人想起……不说也好。

蟋蟀已经变成大人玩意了。但是大人的兴趣在斗,而我们对于捉蟋蟀的兴趣恐怕要更大些。我看过一本秋虫谱,上面除了苏东坡米南宫,还有许多济颠和尚说的话,都神乎其神的不大好懂。捉到一个蟋蟀,我不能看出它颈子上的细毛是瓦青还是朱砂,它的牙是米牙还是菜牙,但我仍然是那么欢喜。听,瞿瞿瞿瞿,哪里?这儿是的,这儿了!用草掏,手扒,水灌,嚯,蹦出来了。顾不得螺螺藤拉了手,扑,追着扑。有时正在外面玩得很好,忽然想起我的蟋蟀还没喂呐,于是赶紧回家。我每吃一个梨,一段藕,吃石榴吃菱,都要分给它一点。正吃着晚饭,我的蟋蟀叫了。我会举着筷子听半天,听完了对父亲笑笑,得意极了。一捉蟋蟀,那就整个园子都得翻个身。我最怕翻出那种软软的鼻涕虫。可是堂弟有的是办法,撒一点盐,立刻它就化成一滩水了。

有的蝉不会叫,我们称之为哑巴。捉到哑巴比捉到"红娘"更坏。但哑巴也有一种玩法。用两个马齿苋的瓣子套起它的眼睛,那是刚刚合适的,仿佛马齿苋的瓣子天生就为了这种用处才长成那么个小口袋样子,一放手,哑巴就一直向上飞,决不偏斜转弯。

蜻蜓一个个选定地方息下,天就快晚了。有一种通身铁色的蜻蜓,翅膀较窄,称"鬼蜻蜓"。看它款款的飞在墙角花阴,不知甚么道理,心里有一种说不出来的难过。

好些年看不到土蜂了。这种蠢头蠢脑的家伙,我觉得它也在花朵上把屁股撅来撅去的,有点不配,因此常常愚弄它。土蜂是在泥地上掘洞当作窠的。看它从洞里把个有绒毛的小脑袋钻出来(那神气像个东张西望的近视眼),嗡,飞出去了,我便用一点点湿泥把那个洞封好,在原来的旁边给它重掘一个,等着,一会儿,它拖着肚子回来了,找呀找,找到我掘的那个洞,钻进去,看看,不对,于是在四近大找一气。我会看着它那副急像笑个半天。或者,干脆看它进了洞,用一根树枝塞起来,看它从别处开了洞再出来。好容易,可重见天日了,它老先生于是坐在新大门旁边息息,吹吹风。神情中似乎是生了一点气,因为到这时已一声不响了。

祖母叫我们不要玩螳螂,说是它吃了土谷蛇的脑子,肚里会生一种铁线蛇,缠到马脚脚就断,甚么东西一穿就过了,穿到皮肉里怎么办?

它的眼睛如金甲虫,飞在花丛里五月的夜。

故乡的鸟呵。

我每天醒在鸟声里。我从梦里就听到鸟叫,直到我醒来。我听得出几种极熟悉的叫声,那是每天都叫的,似乎每天都在那个固定的枝头。

有时一只鸟冒冒失失飞进那个花厅里,于是大家赶紧关门,关窗子,吆喝,拍手,用书扔,竹竿打,甚把自己帽子向空中摔去。可怜的东西这一来完全没了主意,只横冲直撞的乱飞,碰在玻璃上,弄得一身蜘蛛网,最后大概都是从两橼之间空隙脱走。

园子里时时晒米粉,晒灶饭,晒碗儿糕。怕鸟来吃,都放一片红纸。为了这个警告,鸟儿照例就不来,我有时把红纸拿掉让它们大吃一阵,到觉得它们太不知足时,便大喝一声赶去。

我为一只鸟哭过一次。那是一只麻雀或是癞花。也不知从甚么人得来的,欢喜的了不得,把父亲不用的细篾笼子挑出一个最好的来给它住,配一个最好的雀碗,在插架上放了一个荸荠,安了两根风藤跳棍,整整忙了一半天。第二天起得格外早,把它挂在紫藤架下。正是花开的时候,我想是那全园最好的地方了。一切弄得妥妥当当后,独自还欣赏了好半天,我上学去了。一放学,急急回来,带着书便去看我的鸟。笼子掉在地下,碎了,雀碗里还有半碗水,"我的鸟,我的鸟呐!"父亲正在给碧桃花接枝,听见我的声音,忙走过来,把笼子拿起来看看,说:"你挂得太低了,鸟在大伯的玳瑁猫肚子里了。"哇的一声,我哭了。父亲推着我的头回去,一面说"不害羞,这么大人了"。

有一年,园里忽然来了许多夜哇子。这是一种鹭鸶属的鸟,灰白色,据说它们头上那根毛能破天风。所以有那么一种名,大概是因为它的叫声如此吧。故乡古话说这种鸟常带来幸运。我见它们吃吃喳喳做窠了,我去告诉祖母,祖母去看了看,没有说甚么话。我想起它们来了,也有一天会像来了一样又去了的。我尽想,从来处来,从去处去,一路走,一路望着祖母的脸。

园里甚么花开了,常常是我第一个发现。祖母的佛堂里那个铜瓶里的花常常是我换新。对于这个孝心的报酬是有须掐花供奉时总让我去,父亲一醒来,一股香气透进帐子,知道桂花开了,他常是坐起来,抽支烟,看着花,很深远的想着甚么。冬天,下雪的冬天,一早上,家里谁也还没有起来,我常去园里摘一些冰心腊梅的朵子,再掺着鲜红的天竺果,用花丝穿成几柄,清水养在白磁碟子里放在妈(我的第一个继母)和二伯母妆台上,再去上学。我穿花时,服伺我的女佣人小莲子,常拿着掸帚在旁边看,她头上也常戴着我的花。

我们那里有这么个风俗,谁拿着掐来的花在街上走,是可以抢的,表姐姐们每带了花回去,必是坐车。她们一来,都得上园里看看,有甚么花开的正好,有时竟是特地为花来的。掐花的自然又是我。我乐于干这项差事。爬在海棠树上,梅树上,碧桃树上,丁香树上,听她们在下面说"这枝,唉,这枝这枝,再过来一点,弯过去的,喏,唉,对了,对了!"冒一点险,用一点力,总给办到。有时我也贡献一点意见,以为某枝已经盛开,不两天就全落在台布上了,某枝花虽不多,样子却好。有时我陪花跟她们一道回去,路上看见有人看过这些花一眼,心里非常高兴。碰到熟人同学,路上也会分一点给她们。

想起绣球花,必连带想起一双白缎子绣花的小拖鞋,这是一个小姑姑房中东西。那时候我们在一处玩,从来只叫名字,不叫姑姑。只有时写字条时如此称呼,而且写到这两个字时心里颇有种近于滑稽的感觉。我轻轻揭开门帘,她自己若是不在,我便看到这两样东西了。太阳照进来,令人明白感觉到花在吸着水,仿佛自己真分享到吸水的快乐。我可以坐在她常坐的椅子上,随便找一本书看看,找一张纸写点甚么,或有心无意的画一个枕头花样,把一切再恢复原来样子不留甚么痕迹,又自去了。但她大都能发觉谁过来过了。那第二天碰到,必指着手说"还当我不知道呢。你在我绷子上戳了两针,我要拆下重来了!"那自然是吓人的话。那些绣球花,我差不多看见它们一点一点的开,在我看书作事时,它会无声的落两片在花梨木桌上。绣球花可由人工着色。在瓶里加一点颜色,它便会吸到花瓣里。除了大红的之外,别种颜色看上去都极自然。我们常以骗人说是新得的异种。这只是一种游戏,姑姑房里常供的仍是白的。为甚么我把花跟拖鞋画在一起呢?真不可解。——姑姑已经嫁了,听说日子极不如意。绣球快开花了,昆明渐渐暖起来。

花园里旧有一间花房,由一个花匠管理。那个花匠仿佛姓夏。关于他的机伶促狭,和女人方面的恩怨,有些故事常为旧日佣仆谈起,但我只看到他常来要钱,样子十分狼狈,局局促促,躲避人的眼睛,尤其是说他的故事的人的。花匠离去后,花房也跟着改造园内房屋而拆掉了。那时我认识花名极少,只记得黄昏时,夹竹桃特别红,我忽然又害怕起来,急急走回去。

我爱逗弄含羞草。触遍所有叶子,看都合起来了,我自低头看我的书,偷眼瞧它一片片的开张了,再猝然又来一下。他们都说这是不好的,有甚么不好呢。

荷花像是清明栽种。我们吃吃螺蛳,抹抹柳球,便可看佃户把马粪倒在几口大缸里盘上藕秧,再盖上河泥。我们

在泥里找蚬子,小虾,觉得这些东西搬了这么一次家,是非常奇怪有趣的事。缸里泥晒干了,便加点水,一次又一次,有一天,紫红色的小菭子冒出来了水面,夏天就来了。赞美第一朵花。荷叶上花拉花响了,母亲便把雨伞寻出来,小莲子会给我送去。

大雨忽然来了。一个青色的闪照在枫树上,我赶紧跑到柴草房里去。那是距我所在处最近的房屋。我爬上堆近屋顶的芦柴上,听水从高处流下来,响极了,訇——,空心的老桑树倒了,葡萄架塌了,我的四近越来越黑了,雨点在我头上乱跳。忽然一转身,墙角两个碧绿的东西在发光!哦,那是我常看见的老猫。老猫又生了一群小猫了。原来它每次生养都在这里。我看它们攒着吃奶,听着雨,雨慢慢小了。

那棵龙爪槐是我一个人的。我熟悉它的一切好处,知道哪个枝子适合哪种姿势。云从树叶间过去。壁虎在葡萄上爬。杏子熟了。何首乌的藤爬上石笋了,石笋那么黑。蜘蛛网上一只苍蝇。蜘蛛呢?花天牛半天吃了一片叶子,这叶子有点甜么,那么嫩。金雀花那儿好热闹,多少蜜蜂!波——,金鱼吐出一个泡,破了,下午我们去捞金鱼虫。香橼花蒂的黄色仿佛有点忧郁,别的花是飘下,香橼花是掉下的,花落在草叶上,草稍微低头又弹起。大伯母掐了枝珠兰戴上,回去了。大伯母的女儿,堂姐姐看金鱼,看见了自己。石榴花开,玉兰花开,祖母来了,"莫掐了,回去看看,瓶里是甚么?""我下来了,下来扶您。"

槐树种在土山上,坐在树上可看见隔壁佛院。看不见房子,看到的是关着的那两扇门,关在门外的一片菜园。门里是甚么岁月呢?钟鼓整日敲,那么悠徐,那么单调,门开时,小尼姑来抱一捆草,打两桶水,随即又关上了。水东东的滴回井里。那边有人看我,我忙把书放在眼前。

家里宴客,晚上小方厅和花厅有人吃酒打牌。(我记得有个人吹得极好的笛子。)灯光照到花上,树上,令人极欢喜也十分忧愁。点一个纱灯,从家里到园里,又从园里到家里,我一晚上总不知走了无数趟。有亲戚来去,多是我照路,说哪里高,哪里低,哪里上阶,哪里下坎。若是姑妈舅母,则多是扶着我肩膀走。人影人声都如在梦中。但这样的时候并不多。平日夜晚园子是锁上的。

小时候胆小害怕,黑魆魆的,树影风声,令人却步。而且相信园里有个"白胡子老头子",一个土地花神,晚上会出来,在那个土山后面,花树下,冉冉的转圈子,见人也不避让。

有一年夏天,我已经像个大人了,天气郁闷,心上另外又有一点小事使我睡不着,半夜到园里去。一进门,我就停住了。我看见一个火星。咳嗽一声,招我前去。原来是我的父亲。他也正因为睡不着觉在园中徘徊。他让我抽一支烟,(我刚会抽烟)我搬了一张藤椅坐下,我们一直没有说话。那一次,我感觉我跟父亲靠得近极了。

四月二日。月光清极,夜气大凉。似乎该再写一段作为收尾,但又似无须了。便这样吧,日后再说。逝者如斯。

* 本篇原载昆明《文聚》1945年第二卷第三期;初收《汪曾祺全集》第三卷,北京师范大学出版社,1998年8月。

花·果子·旅行*

——日记抄

我想有一个瓶,一个土陶蛋青色厚釉小坛子。

木香附萼的瓣子有一点青色。木香野,不宜插瓶,我今天更觉得,然而我怕也要插一回,知其不可而为,这里没有别的花。

(山上野生牛月菊只有铜钱大,出奇的瘦瘠,不会有人插到草帽上去的。而直到今天我才看见一棵勿忘侬草是真正蓝的,可是只有那么一棵。矢车菊和一种黄色菊科花都如吃杂粮长大的脏孩子,要经过很大的努力与克制才能喜欢它。)

过王家桥,桥头花如雪,在一片墨绿色上。我忽然很难过,不喜欢。我要颜色,这跟我旺盛的食欲是同源的。

我要水果。水果!梨,苹果,我不怀念你们。黄熟的香蕉,紫赤的杨梅,蒲桃,呵蒲桃,最好是蒲桃,新摘的,雨后,白亮的磁盘。黄果和橘子,都干瘪了,我只记得皮里的辛味。

精美的食物本身就是欲望。浓厚的酒,深沉的颜色。我要用重重的杯子喝。沉醉是一点也不粗暴的,沉醉极其自然。

我渴望更丰腴的东西,香的,甜的,肉感的。

纪德的书总是那么多骨。我忘不了他的像。

《葛莱齐拉》里有些青的果子,而且是成串的。

(七日)

把梅得赛斯的"银行家和他的太太"和哈尔司法朗司的"吉普赛"嵌在墙上。

说法朗司是最了解人类的笑的,不错。他画的那么准确,一个吉普赛,一个吉普赛的笑。好像这是一个随时可变的笑。不可测的笑。不可测的波希米人。她笑得那么真,那么熟。(狡滑么,多真的狡滑。)

把那个银行家的太太和她放在一起,多滑稽的事!

我把书摊在阳光下,一个极小极小的虫子,比蚜虫还小,珊瑚色的在书叶上疾旋,画碗口大的圈子。我以最大速度用手指画,还是跟不上它,它不停的旋,一个认真的小疯子,我只有望着它摇摇头。

(八日)

我满有夏天的感情。像一个果子渍透了蜜酒。这一种昏晕是醉。我如一只苍蝇在熟透的葡萄上,半天,我不动。我并不望一片叶子遮荫我。

苍蝇在我砚池中吃墨呢,伸长它的嘴,头一点一点的。

我想起海港,金色和绿色的海港,和怀念西方人所描写的东方,盐味和腐烂的果子气味。如果必要,给他一点褐色作为影子吧。

我只坐过一次海船,那时我一切情绪尚未成熟。我不像个旅客,我没有一个烟斗。旅客的袋里有各种果子的余味。一个最穷的旅客袋里必有买三个果子的钱。果汁滴在他襟袖上,不同的斑点。

我想学游泳,下午三点钟。

气压太低,我把门窗都打开。

(九日)

我如一个人在不知名小镇上旅馆中住了几天,意外的逗留,极其忧愁。黄昏时天空作葡萄灰色,如同未干的水彩画。麦田显得深郁得多,暗得多。山色蓝灰。有一个人独立在山巅,轮廓整齐,如同剪出。我并不想爬上去,因为他已经在那里了。

念N不已。我不知道这一生中还能跟她散步一次否?

把头放在这本册子上,假如我就这么睡着了,死了,坐在椅子里……

携手跑下山坡,山坡碧绿,坡下花如盛宴……回去,喝瓶里甘凉的水。我们同感到那个凉,彼此了解同样的慰安……风吹着我们,吹着长发向后飘,她的头扬起。……

水从壶里倒出来乃是一种欢悦,杯子很快就满了;满了,是好的。倒水的声音比酒瓶塞子飞出去另是一种感动。

我喝水。把一个绿色小虫子喝下去还不知道,他从我舌头上跳出来。

醒得并不晚,只是不想起来。有甚么唤我呢,没有!一切不再新鲜。叫一个人整天看一片麦田,一片绿,是何等的惩罚!当然不两天,我又会惊异于它的改观,可是这两天它似乎睡了绿,如一个人睡着了老。天仍是极暗闷,不艳丽,也不庄严,病态的沉默。我需要一点花。

我需要花。

抽烟过多,关了门,关了窗。我恨透了这个牌子,一种毫无道理的苦味。

醒来,仍睡,昏昏沉沉的,这在精神上生理上都无好处。

下午出去走了走,空气清润,若经微雨,村前槐花盛开,我忽然蹦蹦跳跳起来。一种解放的快乐。风似乎一经接触我身体即融化了。

听司忒老司音乐,并未专心。

我还没有笑,一整天。只是我无病的身体与好空气造出的愉快,这愉快一时虽贴近我,但没有一种明亮的欢情从我身里透出来。

每天如此,自然会浸入我体内的,但愿。

对于旅行的欲望如是之强烈。

草屋顶上树的影子,太阳是好的。

(十日)

三十四年记。在黄土坡

三十五年抄。在白马庙

* 本篇原载1946年7月12日《文汇报》。

干　荔　枝*

给"绝无仅有的美好的,不懂事的。"

一　恶作剧

每个人都可以说一段很得意的故事,关于自己从前的恶作剧。这些故事常常本来很平淡,为了说得尽兴,听来入神,不惜化零为整,从别人身上挪借许多材料来。或者干脆改头换面的抄一段书;即使同座有人觉察,露出不耐烦样子,也并不大在意,半秒钟的不自然,马上过去了,又淋漓洒落,顾盼生姿的说下去了;当然,更常常,他说的事根本在这个世界上没有发生过。人为甚么易为春无知的感动成狂傲的姑妄听之神情所怂恿呵。这是为甚么,生活太不出奇了,憋了那么股子劲,得挥发出来;还是无处售脱你的一肚子鬼聪明?

曾经那么爱说点无关大体的谎,爱荒诞和夸张。我说过我有一条黑的,绿的,金的,和一点点紫红色的披风,你也许笑过一阵已经忘记了,我可还记得。然而我告诉你,昨天我们在街上看见的那个大学生给那个瞎子帽子上插了一朵碗大的大红蜀葵花,引得一街人那么愚蠢的笑了半天,我告诉你,我可实在不发生兴趣。给那个大学生狠狠的两个耳光多好呵。

你说我老了?也罢,我是老了。年青人的愤怒不会有那么深刻的。——甚么!小鬼,你说如果真打了那个东西,(打了那一街的人)倒是很有趣的事,而你一边说着一边整理你方才大笑时摇动得披下来的头发,把一根夹针咬在嘴里!

二 波斯菊

问我为甚么忽然悄然笑起来,这个笑来得极快,消逝得可怜:我想起一个先生戏称我为"审美家",想起波斯菊。

你喜欢这个名字么?我知道你在心里念了一次,你的嘴唇动了一下。"波斯——菊",这唤起你眼睛里的浪漫情趣。我就因为其"名佳",去掐了一把。花一大片,远望如一个女子中学,或如你们的甚么游园会,总而言之,像梦。(这个字我有四年不用了。)因为早晨太阳晒着,闲得快乐,下点

雨,就有点愁,又都处处有点无可奈何,难以捉摸。因为很单纯,很温软。(别跳你的眉毛!)当时我看到甚么都比后来美些,看到甚么都联想到一个人。一个老实认真的写实主义小说家一定在他的大作里写:他掐了一把他的联想和爱情回去了。掐花回去,一插在个绿陶壶里,靠一个小小剔红盒子旁边。我抽了一根烟,不时拨弄一朵两朵花,让它攒三聚五的成一格局。到都成了"一瓶",都安适妥帖了,我已抽了三根烟了。小院子静得很,听见那条卷毛小狗出出进进走了几次,蜜蜂在檐前唱,垂丝海棠瓣子落在蛛网上。等着,来了。

"刚才有人看见你?"

"去掐花的。"

花含笑,十分调皮,绯红色。

"可一点都不好看。"

让波斯菊一瓣一瓣的落罢。就这么轻描淡写的过去了。现在又到了暑假的时候,下起雨来了,我简直不想出去,很希望有人写信给我,有人送点好吃东西。门前有人乱七八糟的洒下许多花种,走了半月,又回来看了一次,花出了好多。自然,你算聪明,知道了:他指着一果花苗,问我是甚么,那是波斯菊。

好了,我编了一篇故事,你不三天就可以来,来看波斯菊了,哈哈。

三　遗憾

  我和一个朋友对坐,共一根蜡烛,各看一本书,有时谈一两句话,以不影响看书为限度。我们服从于此不成文法,因为它给我们许多方便。我笑了笑,他问"怎么了?"我想起一首旧诗。(未想起诗的音节,想起那诗的趣味。)

  我说,一个不穿衣服的脏孩子,浑身都脏,成鼻烟色,极匀均,发光,大眼睛,红嘴唇,这孩子用一枝盛开的梨花退着打一条狗(我失去给狗一个颜色的胆子了),梨花纷纷舞落。这是多么好的画题。我用这幅画写,一首诗。诗题"春天",结尾是看人放风筝放也放不上,独自玩弄着比喻和牙疼。谁也不欣赏。七月八日

* 本篇原载1945年7月14日、16日《观察报》。

昆明草木*

序

  昆明一住七年,始终未离开一步,有人问起,都要说一声"佩服佩服"。虽然让我再去住个几年,也仍然是愿意的,但若问昆明究竟有甚么,却是说不上来。也许是一草一木,无不相关,拆下来不成片段,无由拈出,更可能是本来没有甚么,地方是普通地方,生活是平凡生活,有时提起是未能遣比而已。不见大家箱箧中几全是新置的东西。翻遍所带几册旧书中也找不出一片残叶碎瓣了么。独坐无聊,想跟人谈谈,而没有人可以谈谈,写不出东西却偏要写一点。时方近午,小室之中已经暮气沉沉。雨下得连天连地是一个阴暗,是一种教拜伦脾气变坏的气候,我这里又无一分积蓄的阳光,只好随便抓一个题目扯一顿,算是对付外面呜呜拉拉焦急的汽车,吱吱哑哑不安的无线电罢了。我倒宁愿找这样一本书或一篇文章看看,自己来写是全无资格的。

十二月十三日记

一 草

到昆明,正是雨季。在家里关不住,天雨之下各处乱跑。但回来脱了湿透的鞋袜,坐下不久,即觉得不知闷了多少时候了,只有袖了手到廊下看院子里的雨脚。一抬头,看见对面黑黑的瓦屋顶上全是草,长得很深,凄凄的绿。这真是个古怪地方,屋顶上长草!不止一家如此,家家如此。荒宫废庙,入秋以后,屋顶白蒙蒙一片。因为托根高,受风多,叶子细长如发,在暗淡的金碧之上萧萧的飘动,上头的天极高极蓝。

二 仙人掌

昆明人家门。有几件带巫术性的玩意。门坎上贴红纸剪成的剪刀,锁。门上一个大木瓢,画一个青面鬼脸。一对未漆羊角生在羊头上似的生在门头上。角底下多悬仙人掌一片。不知这究竟是甚么意思,也问过几个本地人,说不出所以然,若是乡下人家则在炊烟薰得黑沉沉的土墙上还要

挂一长串通红通红的辣椒,是家常吃的,与厌胜辟邪无关,但越显出仙人掌的绿,造成一种难忘的强烈印象。

仙人掌这东西真是贱,一点点水气即可以浓浓的绿下来,且茁出新的一片,即使是穿了洞又倒挂在门上。

心急的,坐怕担心费事,栽花木活,糟塌花罪过,而又喜欢自己种一点甚么出来看看的,你来插一片仙人掌吧,仙人掌有小刺毛,轻软得刺进手里还不知道,等知道时则一手都是了。一手都是你仍可以安然作事。你可以写信告诉人了,找种了一棵仙人掌,告诉人弄了一手刺。就像这个雨天,正好。你披上雨衣。

仙人掌有花,花极简单,花片如金箔,如蜡。没有花柄,直接生在掌片上,像是做假安上去的。从来没见过那么蠢那么可笑的花。它似乎一点不知道自己是个甚么样子,不怕笑。唷,听说还要结果子呢,叫做甚么"仙桃",能好吃么?它甚么都不管,只找个地方把多余的生命冒出来就完事,根本就没想到出果子。这是个不大可解的事,我没见过一头牛一匹羊嚼过一片仙人掌。我总以为这么又厚又长的大绿烧饼应当很对它们的胃口的。它们简直连看也不看一眼!

英国领事馆花园后墙外有仙人掌一大片,上多银青色长脚蜘蛛,这种蜘蛛一定有毒,样子多可怕。墙下有路,平常一天没有两三人走过。

三 报春花

虽然我们那里的报春花很少,也许没有,不像昆明。

——《花园》

我不知怎么知道这是报春花的。我老告诉人"这种小花有个好名字,报春花",也许根本是我造的谣。它该是草紫紫云英,或者紫花苜蓿,或者竟是报春花,不管它,反正就是那么一种微贱的淡紫色小花。花五六瓣,近心处晕出一点白,花心淡黄。一种野菜之类的东西,叶子大概如小青菜,有缺刻,但因为花太多,叶子全不重要了。花梗极其伶仃,怯怯的升出一丛丛细碎的花,花开得十分欢。茎上叶上花上全沁出许多茸茸的粉。塍头田边密密的一片又一片,远看如烟,如雾,如云。

我有个石鼓形小绿瓷缸子,满满的插了一缸。下午我们常去采报春花,晒太阳。搬家了,一马车,车上冯家的猫,王家的鸡,松与我轮流捧着那一缸花。我们笑。

那个缸子有时也插菜花,当报春花没有的时候。昆明

冬天都有菜花。在霜里黄。菜花上有蜜蜂。

四　百合的遗像

想到孟处要延命菊去,延命菊已经少了,他屋里烧瓶中插了两枝百合,说是"已经好些天了。"

下着雨,没有甚么事情,纱窗外蒙蒙绿影,屋里极其静谧,坐了半天。看看烧瓶里水已黄了,问"怎么不换换水?"孟说"由它罢。"桌上有他批卷子的红钢笔,抽出一张纸画了两朵花。心里不烦躁,竟画得还好。松和孟在肩后看我画,看看画,又看看花,错错落落谈着话。

画画完了,孟收在一边,三个人各端了一杯茶谈他桌上台路易士那几句诗,"保卫那比较坏的,为了击退更坏的,"现代人的逻辑阿,正谈着,一朵花谢了,一瓣一瓣的掉下来,大家看看它落。离画好不到五分钟。

看看松腕上表,拿起笔来写了几个字:

"遗像　某月日下午某时分,一朵百合谢了。"

其后不久,孟离开昆明,便极少有机会去他屋前看没有主人的花了。又不久,松与我也同时离开昆明又分了手,隔得很远。到上海三月,孟自家乡北上,经过此地,曾来我这个暮色沉沉的破屋里住了一宿,谈了几次,我们都已经走了不少路了,真亏他,竟还把我给他写的一条字并那张画好好的带着?

这教我有了一点感慨。走了那么多路,甚么都不为的贸然来到这个大地方,我所得的是甚么,操持是甚么,凋落的,抛去的可就多了。我不能完全离开这朵百合,可自动的被迫的日益远了,而且连眺望一下都不大有时候,也想不起。孟倒是坚贞的抱着做一个"爱月亮,爱北极星的孩子"的志气,虽然也正在比较坏与更坏的选择之中。松远在南方将无法尽知我如今接受的是一种甚么教育。阿,我说这些干甚么,是寂寞了?"雨打梨花深闭门",收了吧。——这又令我想起昆明的梨花来了。

* 本篇原载1946年12月27日《文汇报》,署名"方栢臣"。

飞　的*

鸟　粪　层

常常想起些自己不大清楚的东西,温习一次第一次接触若干名词之后引起的朦胧的响往。这两天我想鸟粪层。手边缺少可以翻检的书,也没有人可以告诉我一点关于鸟粪层的事。

书和可以叩问的人是我需要的么?

猎　斑　鸠

那时我们都还很小。我们在荒野上徜徉。我们从来没有那么更精致的,更深透的秋的感觉。我们用使自己永远记得的轻飘的姿势跳过小溪,听着风溜过淡白色长长的草叶的声音(真是航)过了一大片地。我们好像走到没有人来过的秘密地方,那个林子,真的,我们渴望投身到里面而消失了。而我们的眼睛同时闪过一道血红色,像听到一声出奇的高音的喊叫,我们同时驻足,身子缩后,头颈伸出一点。我们都没有见过一个猎人,猎人缠那么一道殷红的绑腿,在外面是太阳,里面影影绰绰的树林里。这个人周身收束得非常紧,瘦小,衣服也贴在身上,密闭双唇,两只眼睛苛在里面,颊部微陷,鹰钩鼻子。他头伸着,但并不十分用力,走过来,走过去。看他的腿胫,如果不提防扫他一棍子,他会随时跳起避过。上头,枝叶间,一只斑鸠,锈红色翅膀,瓦青色肚皮。猎人赶斑鸠。猎人过来,斑鸠过去,猎人过去,斑鸠过来。斑鸠也不叫唤,只听得调匀的坚持的扇动翅膀声音。我们守着这一幕哑斗的边上。这样来回三五次之后,渐渐斑鸠飞得不大响了,她有点慌乱,神态声音显得踉跄参差。在我们未及看他怎么扳动枪机时,震天一声,斑鸠不见了。猎人走过去拾了死鸟,拂去沾在毛上的一片枯叶。斑鸠的颈子挂了下来,一幌一幌。我们明明看见,这就是刚才飞着的那一只,锈红色翅膀,瓦青色肚皮,小小的头。猎人把斑鸠放在身旁布袋里。袋里已经有了一只灿烂的野鸡。他周身还是那样,看不出那里松弛了一点,他重新装了一粒子弹,向北,走出这个林子。红色的绑腿到很远很远还可以看得见。秋天真是辽阔。

我们本来想到林子里拾橡栗子,看木耳,剥旧翠色的藓皮,采红叶,寻找伶仃的野菊,这猎人教我们的林子改了样子了,我们干甚么好呢?

蝶

大雨暂歇。坟地的野艾丛中
一只粉蝶飞

矫 饰

我很早很早就做假了。

八岁的时候,我一个伯母死了。我第一次(第一次么?不吧?是比较重大的一次,)开始"为了别人"而做出种种样子。我承继给那位伯母,我是"孝子"。嚇,我那个孝子可做得挺出色,像样。我那个缺少皱纹的脸上满是一种阴郁表情,这很容易被人误认为是哀伤。我守灵,在柩前烧纸,有客人来吊拜时跪在旁边芦席上,我的头低着,像是有重量压着抬不起来,而且,喝,精采之至,我的眼睛不避开烟焰,为的好薰得红红的。我捏丧棒,穿麻鞋,拖拖沓沓的毛边孝衣,一切全恰到好处。实在我也颇喜欢这些东西,我有一种快乐,一种得意,或者,简直一种骄傲。我表演得非常成功,甚至自己也感动了。只有在"亲视含殓"时我心里踌躇了,叫我看穿戴凤冠霞帔的死人最后一眼,然后封钉,这我实在不大愿意。但我终于很勇敢的看了。听长钉子在大木槌下一点一点的钉进去,亲戚长辈们都围在我身后,大家都严肃十分,很少有人接耳说话,那一会儿,或者我假装挤出一点感情来的。也模糊了,记不大清。到葬下去,孝子例须兜了土在柩上洒三匝,这是我最乐意干的。因为这是最后一场,戏剧即将结束。(我差点儿全笑出来。说真的,这么扮演也是很累的事。)而且这洒土的制度是颇美的。我倒还是个爱美的人!

近几年来我一直忘不了那一次丧事。有时竟想跟我那些亲戚长辈们说明白,得了吧。别又来装模作样。

卅六年一月

* 本篇原载1947年1月14日《文汇报》,署名"西门鱼"。

蝴蝶:日记抄*

听斯本德聊他怎么写出一首诗,随着他的迷人的声调,有时凝集,有时飘逸开去;他既已使我新鲜活动起来,我就不能老是栖息在这儿;而到

"蝴蝶在波浪上面飘荡,把波浪当作田野,在那粉白色的景色中搜索着花朵。"

从他的字的解散,回头,对于自己陈义的抚摸,水到渠成的快感,从他的稍稍平缓的呼吸之中,我知道前头是一个停顿,他已经看到这一段的最后一句像看到一棵大树,他准备到树下休息,我就不等他按住话头,飞到另一片天地中去了。少陪了,去计划怎么继往开来吧,我知道你已经成竹在胸,很有把握,我要一个人玩一会儿去。我来不及听他嘱咐些甚么,已经为故地的气息所陶融。

蝴蝶,蝴蝶在茼蒿花田上飞,茼蒿花灿烂的金色。茼蒿花的金色,风吹茼蒿花。风搂抱花,温柔的摸着花,狂泼的穿透到花里面,脸贴着它的脸,在花的发里埋它的头,沉醉

的阖起它的太不疲倦的眼睛。茼蒿花,烁动,旺炽,丰满,恣酣,殢殚。狂欢的潮水!——密密层层,那么一大片的花,稠浓的泡沫,豪侈的肉感的海。茼蒿花的香味极其猛壮,又夹着药气,是迫人的。我们深深的饮喝那种气味,吞吐含漱,如鱼在水。而茼蒿花上是千千万万的白蝴蝶,到处都是蝴蝶,缤纷错乱,东西南北,上上下下,满头满脸。——置身于茼蒿花蝴蝶之间,为金黄,香气,粉翅所淹没,"蜜饯"我们的年龄去!成熟的春天多么的迷人。

我想也想不起这块地方在我的故乡,在我读过的初级中学的那一边,从教室到那里是怎么走的呢?我常常因为一点触动,一点波漾而想起这块地,从来没有想出究竟在那里,我相信永远想不出了。我们剪留下若干生活(的场景,或生活本身,)而它的方位消失了。这是自然的还是可惋惜的?且不管它,我曾经在那些蝴蝶茼蒿花之间生存过,这将是没齿不忘的事。任何一次的酒,爱,音乐,也比不上那样的经验。

那个时候我们为甚么要疯狂的捕捉那些蝴蝶?把蝴蝶夹死在书里(压扁了肚子)实在是不愉快的事情,现在想起来还有点恶心。为甚么呢?我们并不太喜欢死蝴蝶的样子;(不飞了,)上课时翻出一个来看看不过是因为究竟比我们的教科书和教员的脸总还好玩些,却也不是真有兴趣,至少这不足以鼓励我们去捕捉杀害。我们那么热心的干这个,(一下子功夫可以三五十个,把一本书每一页都夹一个毫不费力!)完全是发泄我们初生的爱。就是我们那些女同学,那些小姐们,她们的身体、姿态、脚步、笑声给我们一种奇异的刺激,刺激我们做许多没有理由的事情。这么多的花蝴蝶,蓝天、白云、太阳、风,又挑拨我们。我们一身蓄聚蛮野的冲动,随时就会干点傻事出来。捕捉蝴蝶,这跟连衣服跳到水里去,爬到蓝楼房顶上,用力踢一只大狗,光声怪叫,奇异服装完全出于一源。不过花跟蝴蝶似乎最能疏导宣发,是一种最直接,最尽致,最完备遍到的方式。我们简直可以把那些蝴蝶一把一把的纳到嘴里,嚼得稀烂,骨笃一声咽下去的!(并不须她们任何一个在旁边看见或知道。)都是些小疯子,那个时候我们大概是十三四,十四五岁。

这一下可飘得远了。斯本德刚才说甚么来的?让我想想看。我重新把那篇《一首诗的创造》摊开,俯伏到上面去。稍微有点不顺帖,但不一会儿我就跟上他了。

八月十四日

* 本篇原载 1947 年 8 日 24 日《经世日报》。

勿忘侬花*

我至今还不知道勿忘侬花是甚么样子,我不知道我是否曾经看见过。中国大概是有的吧,但知道这种花的名字的一定比见过这种花的人多,若是不是很美呢是不是当得起这样的名字,它的形色香味真能作为一个临诀的叮咛？——虽然有点感伤,但还不致为一个很现代的聪明人所笑罢,如果还不失为诚挚,除非诚挚也是可嘲弄的,因为这个年头根本不可能有。那我们的生活就实在难得很了,见过不见过其实本无多大关系,在诗文里或信札里说"送你勿忘侬花"而实际并没有,是尽可以的,虽然这样的人现在也都没有了。大概从此这个花要更其堙没了罢,它本身,和它的声名,这不知是花的抑是我们的不幸,或者无甚所谓,连偶尔对于这些种种思念也都应当淡然逝去了,可是有机会我还是想捡起一枝来看看。

在昆明,有一次英国政府派来一个给战地士兵演讲音乐欣赏作为慰劳的生物学家想听一点中国的乐器歌曲,在一个研究院的实验室里,开了一个小茶会,听了几个名家的琵琶笛子,那位——该叫他生物学家还是音乐家呢——也有一个节目,七弦琴独奏!他显然对这个躺着的古乐器还不顶习熟,拧弦定音,指掌太温柔了一点,——七弦琴无疑的是乐器里顶精致,顶不容易伏伺的一种,一点轻微的慌乱教他的脸上过去了又泛上来一片红,他镇静自若着,而不时低低举目看一看,看着他的人,含笑得腼腆极了。——这一笑是感谢大家关切了这半天,现在,没有问题了!他正一正身子,轻咳一声,"普庵咒",又向身旁的人笑了一笑:这三个中国字说得是不是差不多?普庵咒是常听到的琴曲,近乎描写音乐,比较容易了解。可是这一支庄严静穆的曲子我没有听,我一直看他,看他的明净的头和他的手。我好像曾经看过这样的手,但没有一双手我曾经这样的动情的看过——也许那样的手并不在做着这样的事情。矫健,灵活,敏感,热情,那当然,可是吸引我的是十个手指同时那么致意用力,那么认真,那么"到",充满精神,充满思想,——有时稍见迟疑,可是通过迟疑之后却并不是含混,少见的那么好看的一双手。也许是过于白皙了,也许是乐器的关系,抚奏的手势偏于优美,显得有一点女性,然而这不是我当时就有的感觉。……喝茶谈话的中间,他忽然起身离去,捧来一瓶,他欢欢喜喜,各种各样的花,瓶是一个实验用的烧瓶,一瓶水碧清,有些很熟,有些印象,浅花都是野花,而这么一瓶插着都似乎是新鲜极了,都是我没有见过的了,开也开得特别好,花大,颜色深,有生气,他一定是满山上出了一点愉快的汗水找来的,他得意极了,一枝一枝拈起来,稍提出一点,好些野花中国跟英国山地里都生着,有的一样,有的不大同,他看见了他知道是有的花,有些英国多,中国少,有些中国多,有些分布区域不广,现存的已经不多了,很珍贵的,但这里人似乎并不大注意。……因为在异国说着本国的语言呢还是本来就惯常如此,他慢慢的说,攥着烧瓶颈子轻轻的转动,声调委宛而亲切,他不知道看到冯承植先生赞美过的鼠白草不?我看他,等有机会问他,可是老是错过,终于在他挑出一枝紫红长穗的时候,有人进门给他一封信,他得辞谢走了,我没有能问他拿进去的瓶里那种翠蓝色的小花是不是勿忘侬,他的手指在我的勿忘侬之间移动过多少次了!

我听说是,而且很自信的告诉过不少人了,昆明不论甚么花差不多四季都开得,而这种花更是随处都见得到,只要是土较多,人较少的地方,野地里都是坟,坟头上特别多,我们逃警报的次数简直数不清了。昆明没有甚么防空壕洞,在坟冢间挖了许多坑，我们又大都并不躲进坑里，离开了城走远些，找个地方躺躺坐坐而已，或者是这种花的颜色跟坟容易联想到一起去，我们越觉得坟的寂寞跟花的寂寞了，在记忆里于是也总是分不开，老那么坐着，躺着，蓝色的小花无聊的看在我们的眼里，从来也没有采一点带回去，花实在太小。把几个微擎着的花瓣一起展平了还不到一片榆钱大，又是在叶托间附枝而生，没有花蒂，畏缩的贴着，不敢出头一步，枝子则顽韧异常，满身老气，又是那么晦绿色毛茸茸的鄙贱小叶子，——主要还是花常稀疏零落，一枝上没有多少颜色，缺少光泽的，惨恻，伶仃的翠蓝的小点，在半闭的眼睫间一点一点的向远处漂去，似乎微有摇漾，也许它自己也有点低徊，也许动着的是别的草。可是直起身子来，伸一伸胳臂，活动活动腰腿，则一俯首间而所有的小花都微小微小，隐退隐退，要消失了，临了只剩下一点点一点点渺茫的蓝意，无形无质，不太可相信了，像甚么呢？——真是一个记忆的起点，哦！……可是尽管这并不是真的勿忘侬花罢，(是一个误会，误会常常也很有意思，特别是推究怎么有这个误会，你的推究和你的发现都不会落空。)昆明那一段逃警报的日子我们总记得。比起那些有趣的穿插，吸干了整个时间的那种倦怠，酥嫩，四肢无力，头昏昏的，近乎病态的无情状态尤其教我们往往心里发甜。我们从来没有那么休息过，那么完全的离开过自己的房屋和自己的形体，那么长久，那么没有止境的抛置在地上，呼吸着泥土，晒着太阳——究竟我们还算活着，像一块洋山芋似的活着。——太阳晒得我们一次一次的褪皮，常常晚上回来用冷水一洗脸，一撕，一大片！……太平洋战事以后，城里不再有毁坏燃烧，走到浮没着蓝花的坟野里，我们认不出我们寄居过的洞穴了。那些驮马或疾或徐走着的小道令我们迷惘。我们再也不能在身上找出从前那么熟练的躺下坐匍的姿势了，我们焦渴的嘴唇，所喝的水，我们的最后一根香烟，荸荠，地瓜，豌豆粉，凉米线，流着体温的草，松叶的辛香，土黄色的蝴蝶。……

北平的天也这么蓝。我这个楼梯真是毫无道理，除了上楼下楼之外还有甚么意义么，这么四长段，又折折曲曲？好容易我才渐渐能够适应，我的肌肉骨骼有这么一个习惯，承认它，不以为是额外的支付。——我去问一个学植物分类学的朋友，他说那种昆明人叫做狗屎花的蓝花——你猜怎么着，我并不讨厌这个名字。一个东西我们原可以当着两样看。地肥些花就长得茂盛。看见狗拉了屎，又看见了花，因而拉在了一起的，这个孩子（当然是个孩子）记出了他心里的一分惊喜。——其实并不是真正的勿忘侬，不过是有点像。有点像么？……那就好。我并不失望,我满足了,因为我可以有满足的等待。

三十七年四月

* 本篇原载1948年5月3日天津《民国日报》。

蜘蛛和苍蝇*

甚么声音？我听到一缕极细的声音,嘤嘤的,细,可是紧,持续,从一个极深地方抽出来,一个不可知的地方。可是我马上找到它的来源,楼梯顶头窗户底下,一个墙犄角,一个蜘蛛正在吃一个苍蝇!

这房子不知那里来的那么多蜘蛛!来看房子的时候,房子空着,四堵白壁,一无所有,而到处是许多蜘蛛蛋。他们一边走来走去察看,水井,厨房,厕所,门上的锁,窗上缺不缺玻璃,……我一个人在现在我住的这一间里看着那些蜘蛛蛋。嘻嘻!简直不计其数,圆圆的。像一粒绿豆,灰黑色,有细碎斑点,饱满而结实,不过用手捻捻一定有点软。看得我胃里不大舒服,颈子底下发硬起来。正在谈租价,谈合同事,我没有说甚么话。——这些蛋一个一个里面全有一个蜘蛛,不知道在里头是甚么样子?有没有眼睛,有没有脚?我觉得它们都迷迷糊糊有一点醒了似的。啧!啧!——到搬进来的时候都打扫干净了,不晓得他们如何处理那些蛋的。可是,屋子里现在还有不少蜘蛛。

蜘蛛小,一粒小麦大。苍蝇是个大苍蝇,一个金苍蝇。它完全捉住了它,已经在吃着了。它啄它的背,啄它的红颜色的头,好像从里头吸出甚么东西来。苍蝇还活着,挣扎,叫。可是它的两只后脚,一只左中脚都无可救药的胶死了。翅膀也粘住了,两只翅尖搭在一起。左前脚绊在一根蛛丝上,还完好。前脚则时而绊住,时而又脱开。右中脚虽然是自由的,但几乎毫无用处,一点着不上劲。能够活动的只有那只右前脚,似乎它全身的力量都聚集在这只脚上了。它尽它的最后的生命动弹,振得蜘蛛网全部都摇颤起来,然而这是盲目的乱动,情形越来越坏。它一直叫,一直叫,我简直不相信一只苍蝇里头有那么多的声音,无穷尽的声音,而且一直那么强,那么尖锐。——忽然塞住了,声音死了。——不,还有,不过一变而为微弱了,更细了,而且平静极了,一点都不那么紧张得要命了。蜘蛛专心的吃,而高高的翘起它一只细长的后脚,拼命的颤抖,抖得快极了。不可形容的快,一根高音的弦似的。它为甚么那么抖着呢?快乐?达到生命的狂欢的顶点了?过分强烈的感情必须从这只腿上发泄出去,否则它也许会晕厥,会死?它饱了罢,它要休息,喘一口气？它放开了苍蝇？急急的爬到一边，停了下来。它的脚，它的身体，它的嘴，都静止不动。隔了三秒钟，又换一个地方，爬得更远，又是全身不动。它干吗？回味，消化？它简直像睡着了。说不定它大概真睡着了。苍蝇还在哼哼，在动换，可是它毫无兴趣，一点都不关心的样子。……

睡了吗？嗐，不行，哪有这么舒服的事情！我用嘴吹起了一阵大风，直对它身上。它立刻醒了，用六只长脚把自己包了起来。——蜘蛛死了都是自己这么包起来的。它刚一解开，再吹，它跑了。一停，又是那么包了起来。其中有一次，包得不大严密，一只脚挂在外头。——怎么样，来两滴雨罢！这不是很容易的事，我用一个茶杯滴了好多次才恰恰的滴在它身上。夥！这一下严重了，慌了，赶紧跑，向网边上跑。再来一滴！——这一滴好极了，正着。它一直逃出它的网，在墙角里躲起来了。

看看这一位怎么样了，来。用一根火柴把它解脱出来，唉，已经差不多了。给它清理清理翅膀腿脚，它都不省人事了，就会毫无意义乱动！它一身纠纠缠缠的，弄得简直不成样子了。完了，这样的自由对它没有甚么多大意思。——还给你！我把苍蝇往它面前一掼，也许做得不大粗柔，蜘蛛略略迟疑了一下，觉得情形不妙，回过身来就跑。你跑！那非还你不可！它跑到那里，我赶在它前头把半死的苍蝇往它面前一搁。它不加思索，掉头便走。这是只甚么苍蝇呢？做了半世蜘蛛，从没有遇过这么奇怪的事情！这超乎它的经验，它得看看，它不马上就走了，站住，对着它高高的举起两只前脚，甚至有一次敢用一只脚去刁了一下。岂有此理！今天这个苍蝇要吃了你呢，当面的扑到你头上来了。一直弄得这个霸王走投无路，它变得非常激动起来，慌忙急迫，失去了理智，失去了机警和镇定，失去了尊严，我稍为感到有点满意，当然！我可没有当真的为光荣的胜利所陶醉了。

得了，我并不想做一个新的上帝，而且蹲在这儿半天，也累了，用一只纸烟罐子把蜘蛛和苍蝇都捉起来扣在里面，我要抽一根烟了。一根烟抽完，蜘蛛又是一个蜘蛛，苍蝇又是一只苍蝇了：揭开来一看，蜘蛛在吃苍蝇，甚至没有为揭开罐子的声音和由阴暗到明朗骤然的变化所惊动。而且，嘻，它在罐子里都拉了几根丝，结了个略具规模的网了！苍蝇，大概是完了事。在一阵重重的疲倦淹没了所有的苦痛之后，它觉得右前脚有点麻木起来，它一点都不知道它的漂亮的头是扭歪了的，嘴已经对着了它的肩膀。最后还有一点感觉，它的头上背上的发热的伤口来了一丝凉意，舒舒服服的浸遍它的全身，好了，一缕英魂袅袅的升了上去,阿门。

我打开了今天的报纸。

* 本篇原载《新路周刊》1948年第一卷第十期。

道 具 树[*]

……西长安街。十一点。(钟在甚么地方敲。)月和雾,路灯。火车喘着气,汽笛在天边□响,在城市之外,又长又远又安详。汽车缎子似的一曳,一个环翘的圆弧,低低的贴着地面,再见,——消失了。三座门一层沉沉的影子,赶不开可是压不住,——一片树叶正在过桥哩。各种声音,柔润,温和,纯熟,依依的展出一片意义,我好像是一个绝域归来的倦客,吃过了又睡过了,第一次观察这个世界,充满清兴的时间,至情的夜。

(日子真不大好过啊,可是灾难这一会似乎放开我们了……)

一棵树:满含月光的轻雾里,路灯投下一圈一圈的圆光,一个一个spot,一棵矮树一半溶在光里了。一片一片浅黄的叶子,纤秀,苗条,(柳树么?)疏疏落落,微微飘动,(冬天,可是风多轻柔,)一片一片叶子如蘸水,鲜明极了,空中之色,□虚而在,卓然的分别于其周遭,而指出枝干的姿势。无比的生动:真实与虚幻相合,真实即虚幻,空气极其清冽,如在湖上,平坦的,辽阔的夜啊。晚归的三五成阵的行人都有极好的表情。……

我热爱舞台生活!(甚么东西叫我激动起来了。)我将永远无法让你明白那种生活的魅力啊。那是水里的酒,而我毫不犹豫用这两个字说明我的感情:醉心。你去试试看,你只要在里头泡过一阵,你就说不出来有一种瘾。这些你是都可以想象得到的:节奏的感觉,形式的完美的感觉,你亲身担当一个匀称和谐的杰作的一笔,你去证明一种东西。艰难的克服和艰难本身加于你的快感;紧张得要命,跟紧张作伴的镇定,和甜美的,真是甜美的啊,那种松弛。创造和被创造,甚么是真值得快乐的?——胜利,你体验"形成",形成是一个实实在在的东西。你不能怀疑,虚空的虚空么,好,"咱们台上见!"——你说我说的是戏剧本身,赞美的是演出么?是的,那是该赞美的,凡是弄戏的都有一个当然的信念:一切为了演出。愿我们持有这个信念罢。可是你不是说的是演员?演员有演员的快乐,但今天我们暂时不提及属于个人部分的东西。整个的。从一个剧本的"来到我们手里",到拆台,到最后一个戴起帽子,扣好衣服,点起一根烟,在从楼上窗户斜射到又空又大的池座中的阳光中走出来,惆怅又轻松,依依的别意,离开戏园子,这个家,为

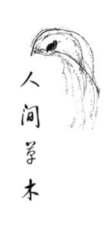

止。每一个时候你都觉得有所为,清清楚楚的知道你的存在的意义。你在一个宏壮的舞台之中,像潮水,一起向前;而每个人是一个象征。我惟在戏剧圈子里见识过真正的友谊。在每个人都站在戏剧之中的时候,真是和衷共济,大家都能为别人想,都恳切。人是个甚么样的人在那时候看得最清楚,而好多人在弄戏的时候,常跟在"外头"不一样。于是坦易,于是脱俗,于是,快乐了。忙是真忙呀,手体四肢,双手大脑,一齐并用,可喜的是你觉得你早应当疲倦的时候你还有精力,可是你知道你平常的疲倦都因为烦闷,你看懂疲倦了。烟是个烟,水是杯水,一切那么"是个味儿",一切姿势都可感,一切姿势都是充分的。……

（喔,我离开那种生活日子已久了,你看……）

一直到戏"搬出来"。戏在台上演,在"完全良好"的情形下进行,你听,真静,鸦雀无声！多广大呀,多丰满呀。你直接走到戏剧里头,贴到戏剧顶内在,顶深秘的东西,戏剧的本质了,一瓣花在展开,一脉泉在悸动,一缕风在轻轻运送。我爱轻手轻脚的,——说不出的小心入微,从布景后面纵横复杂的铁架子之间走过,站一站,看一看从前面透过来的光,一个花□或者别的东西印在布景上的影子。默念台上的动作,表情,然后从两句已经永不走样的剧词之间溜下来。我每天都要走这么一两趟,我的心充满了感情,像春一样的柔软。

而我爱在杂乱的道具室里休息。爱在下一幕要搬上去的沙发里躺一躺,爱看前一幕撤下来的书架上的书。我爱这些奇异的配合,特殊的秩序,这些因为需要而凑在一起的不同。这些不同时代,不同作风,属于不同社会,不同的人的形形色色,环绕在我身旁,不但不倾扎,不矛盾,而且还会流通起来,形成一场盛宴。我爱这么搬来搬去,这种不定,这种暂时的永久。我爱这种偶然,这种认真其是,这种庄严的做作。——我爱在一棵伪装的,钉着许多木条,叶子已经半干,干子只有半只的,不伦不类,样子滑稽的树底下坐下来,抽烟,思索。我的思想跟在任何一棵树下没有甚么不同,而且,我简直要说,不是任何一棵树下所能有的,那么清醒,那么流动,那么纯净无滓。

（喔,我需要一棵树,现在,——每一个时候……）

十一月十七日·午门

* 本篇原载1948年11月28日天津《大公报》;初收《汪曾祺全集》第三卷,北京师范大学出版社,1998年8月。

冬 天 的 树*

冬天的树

冬天的树,伸出细细的枝子,像一阵淡紫色的烟雾。

冬天的树,像一些铜板蚀刻。

冬天的树,简练,清楚。

冬天的树,现出了它的全身。

冬天的树,落尽了所有的叶子,为了不受风的摇撼。

冬天的树,轻轻地,轻轻地呼吸着,树梢隐隐地起伏。

冬天的树在静静地思索。

(这是冬天了,今年真不算冷。空气有点潮湿起来,怕是要下一场小雨了吧。)

冬天的树,已经出了一些比米粒还小的芽苞,裹在黑色的鞘壳里,偷偷地露出一点娇红。

冬天的树,很快就会吐出一朵一朵透明的,嫩绿的新叶,像一朵一朵火焰,飘动在天空中。

很快,就会满树都是繁华的,丰盛的浓密的绿叶,在丽日和风之中,兴高采烈,大声地喧哗。

标　语

游行过去了。已经有多少天了?……

下午一点钟游行,现在,可以走了。把墨水瓶盖起来,椅子推到桌子底下,摸一摸钥匙,走。立刻,这个城市变了样子。人走到街上来,变成了队伍。沉静、平稳的,然而凝炼的,湍急的队伍。人们从自己身上感觉到别人的紧张的肌肉和饱满的肺,从别人的眼睛里看到自己的发光的眼睛。于是,队伍密集起来,汇总起来,成了一片海。海的力量,海的声音,震动着全城的扩音器和收音机的喇叭,哗啦,哗啦……

一直到晚上,人们才回来,在暮色中,在每天在一定的时候亮起来的路灯底下,一群一群,一阵一阵,走在马路边上,带着没有消散的兴奋和卷得整整齐齐的旗子……

游行过去了……

现在,这里是日常生活。人来,人往。公共汽车斜驶过来,轻巧地进了站。冰糖葫芦。邮筒。鲜花厂的玻璃上

结着水气，一朵红花清晰地突现出来，从恍惚的绿影的后面。狐皮大衣，铜鼓。炒栗子的香气。十二月上午的阳光……

但是有标语。标语留下来，标语贴在墙上，贴在日常生活里面。标语一天一天地变得更加切实，更加深刻：

我们坚决支援埃及人民。

公共汽车

去年，在公共汽车上，我的孩子问我："小驴子有舅舅吗？"他在路上看到一只小驴子；他自己的舅舅前两天刚从桂林来，开了几天会，又走了。

今年，在公共汽车上，我的孩子告诉我："这是洒水车，这是载重汽车，这是老雕车……我会画大卡车。我们托儿所有个小朋友，他画得棒极了，他什么都会画，他……"

我的孩子跟我说了不止一次了："我长大了开公共汽车！"我想了一想，我没有意见。不过，这一来，每次上公共汽车，我就只好更得顺着他了。从前，一上公共汽车，我总是向后面看看，要是有座位，能坐一会也好嘛。他可不，一上来就往前面钻。钻到前面干什么呢？站在那里看司机叔叔开汽车。起先他问我为什么前面那个表旁边有两个扣子大的小灯，一个红的，一个黄的？为什么亮了——又慢慢地灭了？我以为他发生兴趣的也就是这两个小灯；后来，我发现并不是的，他对那两个小灯已经颇为冷淡了，但还是一样一上车就急忙往前面钻，站在那里看。我知道吸引住他的早就已经不是小红灯小黄灯，是人开汽车。我们曾经因为意见不同而发生过不愉快。有一两次因为我不很了解，没有尊重他的愿望，一上车就抱着他到后面去坐下了，及至发觉，则已经来不及了，前面已经堵得严严的，怎么也挤不过去了。于是他跟我吵了一路。"我说上前面，你定要到后面来！"——"你没有说呀！"——"我说了！我说了！"——他是没有说，不过他在心里是说了。"现在去也不行啦，这么多人！"——"刚才没有人！刚才没有人！"这以后，我就尊重他了，甭想再坐了。但是我"从思想里明确起来"，则还在他宣布了他的志愿以后。从此，一上车，我就立刻往右拐，几乎已经成了本能，简直比他还积极。有时前面人多，我也带着他往前挤："劳驾，劳驾，我们这孩子，唉！要看开汽车，咳……"

开公共汽车，这实在也不坏。

开公共汽车，这是一桩复杂的，艰巨的工作。开公共汽车，这不是开普通的汽车。你知道，北京的公共汽车有多挤。在公共汽车上工作，这是对付人的工作，不是对付机器。

在北京的公共汽车上工作的,开车的,售票的,绝大部分是一些有本事的,精干的人。我看过很多司机,很多售票员。有一些,确乎是不好的。我看过一个面色苍白的,萎弱的售票员,他几乎一早上出车时就打不起精神来。他含含糊糊地,口齿不清地报着站名,吃力地点着钱,划着票;眼睛看也不看,带着淡淡的怨气呻吟着:"不下车的往后面走走,下面等车的人很多……"也有的司机,在车子到站,上客下客的时候就休息起来,或者看他手上的表,驾驶台后面的事他满不关心。但是我看过很多精力旺盛的,机敏灵活的,不疲倦的售票员。我看到过一个长着浅浅的兜腮胡子和一对乌黑的大眼睛的角色,他在最挤的一趟车快要到达终点站的时候还是声若洪钟。一付配在最大的演出会上报幕的真正漂亮的嗓子。大声地说了那么多话而能一点不声嘶力竭,气急败坏,这不只是个嗓子的问题。我看到过一个家伙,他每次都能在一定的地方,用一定的速度报告下车之后到什么地方该换乘什么车,他的声音是比较固定的,但是保持着自然的语调高低,咬字准确清楚,没有像有些售票员一样把许多字音吃了,并且因为把两个字音搭起来变成一种特殊的声调,没有变成一种过分职业化的有点油气的说白,没有把这个工作变成一种仅具形式的玩弄——而且，每一次他都是恰好把最后一句话说完，车也就到了站，他就在最后一个字的尾音里拉开了车门，顺势弹跳下车。我看见过一个总是高高兴兴而又精细认真的小伙子。那是夏天，他穿一件背心，已经完全汗湿了而且弄得颇有点污脏了，但是他还是笑嘻嘻的。我看见他很亲切地请一位乘客起来，让一位怀孕的女同志坐，而那位女同志不坐，说她再有两站就下车了。"坐两站也好嘛！"她竟然坚持不坐，于是他只好无可奈何地笑一笑；车上的人也都很同情他的笑，包括那位刚刚站起来的乘客，这个座位终于只是空着，尽管车上并不是不挤。车上的人这时想到的不是自己要不要坐下，而是想的另外一类的事情。有那样的售票员，在看见有孕妇、老人、孩子上车的时候也说一声："劳驾来，给孕妇、抱小孩的让个座吧！"说完了他就不管了。甚至有的说过了还急忙离孕妇老人远一点，躲开抱着孩子的母亲向他看着的眼睛，他怕真给找起座位来麻烦，怕遇到蛮横的乘客惹起争吵，他没有诚心，在困难面前退却了。他不。对于他所提出的给孕妇、老人、孩子让座的请求是不会有人拒绝，不会不乐意的，因为他确是在关心着老人、孕妇和孩子，不只是履行职务，他是要想尽办法使他们安全，使他们比较舒适的，不只是说两句话。他找起座位来总是比较顺利，用不了多少时候，所以耽误不了别的事。这不是很奇怪么？是的，了解一个人的品德并不很难，只要看看他的眼睛。我看见，在车里人比较少一点的时候，在他把票都卖完了的时候，他和一个学生模样的女孩子在闲谈，好像谈她的姨妈怎么怎么的，看起来，这女孩子是他一个邻居。而，当车快到站的时候，他立刻很自然地结束了谈话，扬声报告所到的站名和转乘车辆的路线，打开车门，稳健而灵活地跳下去。我看见，他的背心上印着字：一九五五年北京市公共汽车公司模范售票员；底下还有一个号码，很抱歉，我把它忘了。当时我是记住的，我以为我不会忘，可是我把它忘了。我对记数目字太没有本领了——是225？是不是？现在是六点一刻，他就要交班了。他到了家，洗一个澡，一定会换一身干干净净的，雪白的衬衫，还会去看一场电影。会的，他很愉快，他不感到十分疲倦。是和谁呢？是刚才车上那个女孩子么？这小伙子有一副招人喜欢的体态：文雅。多么漂亮，多有出息的小伙子！祝你幸福……

我看到过一个司机。就是跟那个苍白的，疲乏的售票员在一辆车上的司机。这是一个沉默寡言的，冷静的人，有四十多岁，一张瘦瘦的黑黑的脸，脸上没有什么表情。这个人，车是开得好的；在路上遇到什么人乱跑或者前面的自行车把不住方向，情况颇为紧急时，从不大惊小怪，不使得一车的人都急忙伸出头来往外看,也不大声呵斥骑车行路的人。这个人,一到站,就站起来,转身向后,偶尔也伸出手来指点一下:"那位穿蓝制服的,你要到西单才下车,请你往后走走。拿皮包的那位同志,请你偏过身子来,让这位老太太下车。车下有一个孕妇,坐专座的同志,请你站起来。往后走,往后走,后面还有地方,还可以再往后走。"很奇怪,车上的人就在他的这样的简单的、平淡的话的指挥之下,变得服服贴贴,很有秩序。他从来不呼吁,不请求,不道"劳驾",不说"上下班的时候,人多,大家挤挤!""大礼拜六的,谁不想早点回家呀,挤挤,挤挤,多上一个好一个!""外边下着雨,互相多照顾照顾吧,都上来了最好!""上不来了!后边车就来啦!我不愿意多上几个呀!我愿意都上来才好哩,也得挤得下呀!"他不说这些!这个人身上有一种奇特的东西,那就是:坚定、自信。我看了看车上钉着的"公共汽车司机售票员守则",有一条,是"负责疏导乘客","疏导",这两个字是谁想出来的?这实在很好,这用在他身上是再恰当也没有了。于此可见,语言,是得要从生活里来的。我再看看"公约","公约"的第一条是:"热爱乘客。"我想了想,像他这样,是"热爱"么?我想,是的,是热爱,这样的冷静、坚定,也是热爱,正如同那225号的小伙子的开朗的笑容是热爱一样……

人,是有各色各样的人的。

……我的孩子长大了要开公共汽车,我没有意见。

一九五六年十二月

* 本篇原载《人民文学》1957年第三期;初收《汪曾祺全集》第三卷,北京师范大学出版社,1998年8月。

马　莲*

你唱你的三，

我对你的三，

马莲开花在路边……

　　　　　　　　——儿歌

你看见过马莲吗？

马莲是一种很动人的植物。马莲的叶子可以穿鱼，揭开鱼的鳃，穿过去，打一个疙瘩，拎着——这会断吗？不会！马莲的根可以做刷子，洗衣服用的刷子，炊帚、擦痰桶、擦抽水马桶用的……这样洁净的、坚韧的、美丽的根！

我真想看看马莲，看看它在浅水的旁边，在微风里，一丛一丛的，轻轻地摇动着，摇动着细长的叶子。

我没有看见过马莲。

---

* 本篇原载1957年4月1日《文汇报》。

果园杂记*

涂 白

一个孩子问我:干嘛把树涂白了?

我从前也非常反对把树涂白了,以为很难看。

后来我到果园干了两年活,知道这是为了保护树木过冬。

把牛油、石灰在一个大铁锅里熬得稠稠的,这就是涂白剂。我们拿了棕刷,担了一桶一桶的涂白剂,给果树涂白。要涂得很仔细,特别是树皮有伤损的地方、坑坑洼洼的地方,要涂到,而且要涂得厚厚的,免得来年存留雨水,窝藏虫蚁。

涂白都是在冬日的晴天。男的、女的,穿了各种颜色的棉衣,在脱尽了树叶的果林里劳动着。大家的心情都很开朗,很高兴。

涂白是果园一年最后的农活了。涂完白,我们就很少到果园里来了。这以后,雪就落下来了。果园一冬天埋在雪里。

从此,我就不反对涂白了。

粉　蝶

我曾经做梦一样在一片盛开的茼蒿花上看见成千上万的粉蝶——在我童年的时候。那么多的粉蝶,在深绿的蒿叶和金黄的花瓣上乱纷纷地飞着,看得我想叫,想把这些粉蝶放在嘴里嚼,我醉了。

后来我知道这是一场灾难。

我知道粉蝶是菜青虫变的。

菜青虫吃我们的圆白菜。那么多的菜青虫!而且它们的胃口那么好,食量那么大。它们贪婪地、迫不及待地、不停地吃,吃得菜地里沙沙地响。一上午的工夫,一地的圆白菜就叫它们咬得全是窟窿。

我们用DDT喷它们,使劲地喷它们。DDT的激流猛烈地射在菜青虫身上,它们滚了几滚,僵直了,扑的一声掉在了地上,我们的心里痛快极了。我们是很残忍的,充满了杀机。

但是粉蝶还是挺好看的。在散步的时候,草丛里飞着两个粉蝶,我现在还时常要停下来看它们半天。我也不反对国画家用它们来点缀画面。

波尔多液

喷了一夏天的波尔多液,我的所有的衬衫都变成浅蓝色的了。

硫酸铜、石灰,加一定比例的水,这就是波尔多液。波尔多液是很好看的,呈天蓝色。过去有一种浅蓝的阴丹士林布,就是那种颜色。这是一个果园的看家的农药,一年不知道要喷多少次。不喷波尔多液,就不成其为果园。波尔多液防病,能保证水果的丰收。果农都知道,喷波尔多液虽然费钱,却是划得来的。

这是个细致的活。把喷头绑在竹竿上,把药水压上去,喷在梨树叶子上、苹果树叶子上、葡萄叶子上。要喷得很均匀,不多,也不少。喷多了,药水的水珠糊成一片,挂不住,流了;喷少了,不管用。树叶的正面、反面都要喷到。这活不重,但是干完了,眼睛、脖颈,都是酸的。

我是个喷波尔多液的能手。大家叫我总结经验。我说:一、我干不了重活,这活我能胜任;二、我觉得这活有诗意。

为什么叫个"波尔多液"呢？——中国的老果农说这个外国名字已经说得很顺口了。这有个故事。

波尔多是法国的一个小城，出马铃薯。有一年，法国的马铃薯都得了晚疫病，——晚疫病很厉害，得了病的薯地像火烧过一样，只有波尔多的马铃薯却安然无恙。大伙捉摸，这是什么道理呢？原来波尔多城外有一个铜矿，有一条小河从矿里流出来，河床是石灰石的。这水蓝蓝的，是不能吃的，农民用它来浇地。莫非就是这条河，使波尔多的马铃薯不得疫病？

于是世界上就有了波尔多液。

中国的老农现在说这个法国名字也说得很顺口了。

去年，有一个朋友到法国去，我问他到过什么地方，他很得意地说：波尔多！

我也到过波尔多，在中国。

* 本篇原载《新观察》1980年第五期；初收《汪曾祺自选集》，漓江出版社，1987年10月。

关于葡萄*

葡萄和爬山虎

一个学农业的同志告诉我:谷子是从狗尾巴草变来的,葡萄是从爬山虎变来的。我听了,觉得很有意思。谷子和狗尾巴草,葡萄和爬山虎,长得是很像。

另一个学农业的同志说:这没有科学根据,这是想象。

就算是想象吧,我还是觉得这想象得很有意思。我觉得不是没有这种可能。世界上的东西,总是由别的什么东西变来的。我们现在有了这么多品种的葡萄,有玫瑰香、马奶、金铃、秋紫、黑罕、白拿破仑、巴勒斯坦、虎眼、牛心、大粒白、柔丁香、白香蕉……颜色、形状、果粒大小、酸甜、香味,各不相同。它们是从来就有的么?不会的。最初一定只有一种果粒只有胡椒那样大,颜色半青半紫,味道酸涩的那么一种东西。是什么东西呢?大概就是爬山虎。

从狗尾巴草到谷子,从爬山虎到葡萄,是一个很漫长的过程。这种变化,是在人的参与之下完成的。人说:要大穗,要香甜多汁,于是谷子和葡萄就成了现在这样。

葡萄是人创造出来的。

葡萄的来历

至少玫瑰香不是张骞从西域带回来的。玫瑰香的家谱是可以查考的。它的故乡,是英国。

中国的葡萄是什么时候有的,从哪里来的,自来有不同的说法。

最流行的说法是:张骞从西域带回来的,在汉武帝的时候,即公元前130年左右。《图经》:"张骞使西域,得其种而还,种之,中国始有。"《齐民要术》:"汉武帝使张骞至大宛,取葡萄实,于离宫别馆旁尽种之。"人们很愿意相信这种说法,因为可以发思古之幽情。"空见葡萄入汉家",让人感到历史的寥廓。说张骞带回葡萄,是有根据的。现在还大量存在的夸耀汉朝的国力和武功的"葡萄海马镜",可以证明。新疆不是现在还出很好的葡萄么?

但是是不是张骞之前,中国就没有葡萄?有人是怀疑过的。魏文帝曹丕《与吴监书》,是专谈葡萄的,他只说:"中

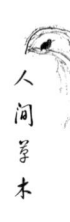

国珍果甚多,且复为说葡萄"。安邑是个出葡萄的地方。《安邑县志》载:"《蒙泉杂言》、《酉阳杂俎》与《六帖》皆载:葡萄由张骞自大宛移植汉宫。按《本草》已具神农九种,当涂熄火,去骞未远;而魏文之诏,实称中国名果,不言西来。是唐以前无此论。"(《植物名实图考长编》引)《县志》的作者以为中国本来就有。他还以为中国本土的葡萄和张骞带回来的葡萄"别是一种"。

魏晋时葡萄还不多见,所以曹丕才专门写了一篇文章;庾信和尉瑾才对它"体"了半天"物",一个说"有类软枣",一个说"似生荔枝"。唐宋以后,就比较普遍,不是那样珍贵难得了。宋朝有一个和尚画家温日观就专门画葡萄。

张骞带回的葡萄是什么品种的呢?从"葡萄海马镜"上看不出。从拓片上看,只是黑的一串,果粒是圆的。

魏文帝吃的是什么葡萄?不知道。他只说是这种葡萄很好吃:"当其夏末涉秋,尚有余暑、醉酒宿醒,掩露而食,甘而不饴,脆而不酸,冷而不寒,味长汁多,除烦解倦",没有说是什么颜色,什么形状,——他吃的葡萄是"脆"的,这是什么葡萄?……

温日观所画的葡萄,我所见到的都是淡墨的,没有著色。从墨色看,是深紫的。果粒都作正圆,有点像是秋紫或是金铃。

反正,张骞带回来的,曹丕吃的,温日观画的,都不是玫瑰香。

中国现在的葡萄以玫瑰香为大宗。以玫瑰香为其大宗的现在的中国葡萄是从山东传开来的。其时最早不超过明代。

山东的葡萄是外国的传教士带进来的。

他们最先带来的是葡萄酒。——这种葡萄酒是洋酒,和"葡萄美酒夜光杯"的葡萄酒是两码事。这是传教必不可少的东西。在做礼拜领圣餐的时候,都要让信徒们喝一口葡萄酒,这是耶稣的血。传教士们漂洋过海地到中国来,船上总要带着一桶一桶的葡萄酒。

从本国带酒来很不方便,于是有的教士就想起带了葡萄苗来,到中国来种。收了葡萄,就地酿酒。

他们把葡萄种在教堂墙内的花园里。

中国的农民留神看他们种葡萄。哦,是这样的!这个农民撅了几根葡萄藤,插在土里。葡萄出芽了,长大了,结了很多葡萄。

这就传开了。

现在,中国到处都是玫瑰香。

这故事是一个种葡萄的果农告诉我的。他说:中国的农民是很能干的。什么事都瞒不过中国人。中国人一看

就会。

葡萄月令

一月,下大雪。

雪静静地下着。果园一片白。听不到一点声音。

葡萄睡在铺着白雪的窖里。

二月里刮春风。

立春后,要刮四十八天"摆条风"。风摆动树的枝条,树醒了,忙忙地把汁液送到全身。树枝软了。树绿了。

雪化了,土地是黑的。

黑色的土地里,长出了茵陈蒿。碧绿。

葡萄出窖。

把葡萄窖一锹一锹挖开。挖下的土,堆在四面。葡萄藤露出来了,乌黑的。有的梢头已经绽开了芽苞,吐出指甲大的苍白的小叶。它已经等不及了。

把葡萄藤拉出来,放在松松的湿土上。

不大一会,小叶就变了颜色,叶边发红;——又不大一会,绿了。

三月,葡萄上架。

先得备料。把立柱、横梁、小棍,槐木的、柳木的、杨木的、桦木的,按照树棵大小,分别堆放在旁边。立柱有汤碗口粗的、饭碗口粗的、茶杯口粗的。一棵大葡萄得用八根,十根,乃至十二根立柱。中等的,六根、四根。

先刨坑,竖柱。然后搭横梁,用粗铁丝摽紧。然后搭小棍,用细铁丝缚住。

然后,请葡萄上架。把在土里趴了一冬的老藤扛起来,得费一点劲。大的,得四五个人一起来。"起! ——起!"哎,它起来了。把它放在葡萄架上,把枝条向三面伸开,像五个指头一样的伸开,扇面似的伸开。然后,用麻筋在小棍上固定住。葡萄藤舒舒展展,凉凉快快地在上面呆着。

上了架,就施肥。在葡萄根的后面,距主干一尺,挖一道半月形的沟,把大粪倒在里面。葡萄上大粪,不用稀释,就这样把原汁大粪倒下去。大棵的,得三四桶。小葡萄,一桶也就够了。

四月,浇水。

挖窖挖出的土,堆在四面,筑成垄,就成一个池子。池里放满了水。葡萄园里水气泱泱,沁人心肺。

葡萄喝起水来是惊人的。它真是在喝!葡萄藤的组织

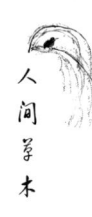

跟别的果树不一样,它里面是一根一根细小的导管。这一点,中国的古人早就发现了。《图经》云:"根苗中空相通。圃人将货之,欲得厚利,暮溉其根,而晨朝水浸子中矣,故俗呼其苗为木通。""暮溉其根,而晨朝水浸子中矣",是不对的。葡萄成熟了,就不能再浇水了。再浇,果粒就会涨破。"中空相通"却是很准确的。浇了水,不大一会,它就从根直吸到梢,简直是小孩嘬奶似的拼命往上嘬。浇过了水,你再回来看看吧:梢头切断过的破口,就嗒嗒地往下滴水了。

是一种什么力量使葡萄拼命地往上吸水呢?

施了肥,浇了水,葡萄就使劲抽条、长叶子。真快!原来是几根根枯藤,几天功夫,就变成青枝绿叶的一大片。

五月,浇水,喷药,打梢,掐须。

葡萄一年不知道要喝多少水,别的果树都不这样。别的果树都是刨一个"树碗",往里浇几担水就得了,没有像它这样的:"漫灌",整池子的喝。

喷波尔多液。从抽条长叶,一直到坐果成熟,不知道要喷多少次。喷了波尔多液,太阳一晒,葡萄叶子就都变成蓝的了。

葡萄抽条,丝毫不知节制,它简直是瞎长!几天功夫,就抽出好长的一节的新条。这样长法还行呀,还结不结果呀?因此,过几天就得给它打一次条。葡萄打条,也用不着什么技巧,是个人就能干,拿起树剪,劈劈啪啪,把新抽出来的一截都给它铰了就得了。一铰,一地的长着新叶的条。

葡萄的卷须,在它还是野生的时候是有用的,好攀附在别的什么树木上。现在,已经有人给它好好地固定在架上了,就一点用也没有了。卷须这东西最耗养分,——凡是作物,都是优先把养分输送到顶端,因此,长出来就给它掐了,长出来就给它掐了。

葡萄的卷须有一点淡淡的甜味。这东西如果腌成咸菜,大概不难吃。

五月中下旬,果树开花了。果园,美极了。梨树开花了,苹果树开花了,葡萄也开花了。

都说梨花像雪,其实苹果花才像雪。雪是厚重的,不是透明的。梨花像什么呢?——梨花的瓣子是月亮做的。

有人说葡萄不开花,哪能呢?只是葡萄花很小,颜色淡黄微绿,不钻进葡萄架是看不出的。而且它开花期很短。很快,就结出了绿豆大的葡萄粒。

六月,浇水、喷药、打条、掐须。

葡萄粒长了一点了,一颗一颗,像绿玻璃料做的纽子。硬的。

葡萄不招虫。葡萄会生病,所以要经常喷波尔多液。但是它不像桃,桃有桃食心虫;梨,梨有梨食心虫。葡萄不用疏虫果。——果园每年疏虫果是要费很多工的。虫果没有用,黑黑的一个半干的球,可是它耗养分呀!所以,要把它"疏"掉。

七月,葡萄"膨大"了。

掐须、打条、喷药,大大地浇一水。

追一次肥。追硫。在原来施粪肥的沟里撒上硫。然后,就把沟填平了,把硫封在里面。

汉朝是不会追这次肥的。汉朝没有硫。

八月,葡萄"著色"。

你别以为我这里是把画家的术语借用来了。不是的。这是果农的语言,他们就叫"著色"。

下过大雨,你来看看葡萄园吧,那叫好看!白的像白玛瑙,红的像红宝石,紫的像紫水晶,黑的像黑玉。一串一串,饱满、磁棒、挺括,璀璨琳琅。你就把《说文解字》里的玉字偏旁的字都搬了来吧,那也不够用呀!

可是你得快来！明天,对不起,你全看不到了。我们要喷波尔多液了。一喷波尔多液,它们的晶莹鲜艳全都没有了,它们蒙上一层蓝兮兮、白糊糊的东西,成了磨砂玻璃。我们不得不这样干。葡萄是吃的,不是看的。我们得保护它。

过不两天,就下葡萄了。

一串一串剪下来,把病果、瘪果去掉,妥妥地放在果筐里。果筐满了,盖上盖,要一个棒小伙子跳上去蹦两下、用麻筋缝的筐盖。——新下的果子,不怕压,它很结实,压不坏。倒怕是装不紧,逛里逛当的。那,来回一晃悠,全得烂!

葡萄装上车,走了。

去吧,葡萄,让人们吃去吧!

九月的果园像一个生过孩子的少妇,宁静、幸福,而慵懒。

我们还给葡萄喷一次波尔多液。哦,下了果子,就不管了? 人,总不能这样无情无义吧。

十月,我们有别的农活。我们要去割稻子。葡萄,你愿意怎么长,就怎么长着吧。

十一月。葡萄下架。

把葡萄架拆下来。检查一下,还能再用的,搁在一边。糟朽了的,只好烧火。立柱、横梁、小棍,分别堆垛起来。

剪葡萄条。干脆得很,除了老条,一概剪光。葡萄又成了一个大秃子。

剪下的葡萄条,挑有三个芽眼的,剪成二尺多长的一截,捆起来,放在屋里,准备明春插条。

其余的,连枝带叶,都用竹笤帚扫成一堆,装走了。

葡萄园光秃秃。

十一月下旬,十二月上旬,葡萄入窖。

这是个重活。把老本放倒,挖土把它埋起来。要埋得很厚实。外面要用铁锹拍平。这个活不能马虎。都要经过验收,才给记工。

葡萄窖,一个一个长方形的土墩墩。一行一行,整整齐齐的排列着。风一吹,土色发了白。

这真是一年的冬景了。热热闹闹的果园,现在什么颜色都没有了。眼界空阔,一览无余,只剩下发白的黄土。

下雪了。我们踏着碎玻璃碴似的雪,检查葡萄窖,扛着铁锹。

一冬天,要检查几次。不是怕别的。怕老鼠打了洞。葡萄窖里很暖和,老鼠爱往这里面钻。它倒是暖和了,咱们的葡萄可就受了冷啦!

* 本篇原载《安徽文学》1981年第十二期;初收《汪曾祺自选集》,题为"葡萄月令",漓江出版社,1987年10月。

人间幻境花果山

人间幻境花果山*

花果山的出名,是因为据说这里是孙悟空的老家。我对这种说法一直持怀疑态度。这回到了连云港,上了趟花果山,我的看法有些改变了。

花果山是云台山的一部分。程学桓《云台诸山记游》云:"河自西来,薄于淮,折而东北走,盖将入海矣。距海既近,天地于是蓄其力而隆为山,以持束之,……其最高大而横绝海上者,则为云台山。"写《西游记》的吴承恩是淮安人,淮安没有山。我曾听朱自清先生说过:淮安人是到了南阁楼就要修家书的。吴承恩平生未尝远游,没有见过多少名山大川。云台山距淮安近在咫尺,他又有一个朋友是海州人,他到过海州,上过云台山,这种可能性是存在的。如果他写《西游记》曾经从一座什么山受到过启发,那么便只有云台山较为合适。除此之外,还能有什么别的山呢?

云台山自来就有点神话色彩,有点仙气。传说这座山本来没有,是从南方徙来的(漂来的么?)。《山海经·内东经》："都州在海中,一曰郁州。"郭璞注："今在东海朐县东,世传此山自苍梧徙来,上皆有南方物也。"明顾乾《云台图识》引《三元真经》云："三元神圣,驾五色祥云,乘九气清风,云台山上,放大毫光"。这座山原来在海里。山与州之间,隔着一个渡口,风涛险恶。康熙年间,海涨沙淤,渡口忽成陆地,游人才能"骑马上云台"。这样一座"幽深秀特,常冠云气"(《江南通志》)的缥缥缈缈的海上仙山,作为一个神魔故事的产生背景,并非偶然。——吴承恩是会看到或听到过这一类的传说的。

我们上花果山,在十二月初,满眼看到的是遍山新栽的松树和不少银杏。银杏的树龄多在千年以上,老干婆娑,饶有古意。银杏虽也结果,叫做白果,但是大家都不拿它当果树看,所谓"果",通常指的是水果。然而从前山上的花果是颇多的。崔应阶云此山"多古木,杂植花树,殆以万计,实为大观。"吴承恩如果上过云台山,他虽然不一定看到《西游记》里所写的"瑶草奇花不谢,青松翠柏长春,仙桃常结果,修竹每留云"的景象,但和今天肯定是很不一样的。

坚持这是孙悟空的老家的同志认为最有说服力的证据,是山上有一个水帘洞。

水帘洞倒是在吴承恩写《西游记》之前就已经有了,并非因为有了《西游记》而附会出来的。明朝人顾乾《云台山三十六景》里的一景是"神泉普润",记云:"三元殿东上一里许有水帘洞。"刺史王同题曰"高山流水",又题曰"神泉普润"。王同题字刻石,今犹在。

水帘洞的洞口作"人"字形,像一间屋。旧记:"洞中石泉极浅小,冬夏不竭,泉甚甘美。"这口泉今犹可见。这样高的山洞里有泉水,倒是很新鲜的。至于泉水是否甘美,不知道。因为泉面落满了一层枯黄的柳叶,谁也不想捧起来尝尝。

水帘洞甚浅小,勉强可以放下一张单人床。

一个外来的旅客也许会觉得失望:"这就是水帘洞么?"他大概想看到一股瀑布飞泉,"一派白虹起,千寻雪浪飞。海风吹不断,江月照还依。冷气分青嶂,余流润翠微。潺湲石瀑布,真似挂帘帷"。他也许还想看到一道铁板桥,铁板桥后"翠藓堆蓝,白云浮玉,光摇片片烟霞。虚窗静室,滑板凳生花。乳窟龙珠倚柱,萦回满地奇葩……"还想看到石座石床,石盆石碗,"一竿两竿修竹,三点五点梅花"……那未免太天真了。世界上绝对找不出这样的地方,这只是吴承恩的想象。

想象总得有点现实根据。吴承恩的根据,大约就是云台山上的水帘洞。

往游花果山之前夕,枕上曾想了几句诗:

刻舟胶柱真多事,
传说何妨姑妄言。
满纸荒唐《西游记》,
人间幻境花果山。

游罢花果山,所得印象总括如此。

一九八三年十二月十二日
记于北京

* 本篇原载《连云港文学》1984年第一期。

翠湖心影*

——昆明忆旧之一

有一个姑娘,牙长得好。有人问她:

"姑娘,你多大了?"

"十七。"

"住在哪里?"

"翠湖西。"

"爱吃什么?"

"辣子鸡。"

过了两天,姑娘摔了一跤,磕掉了门牙。人问她:

"姑娘多大了?"

"十五。"

"住在哪里?"

"翠湖。"

"爱吃什么?"

"麻婆豆腐。"

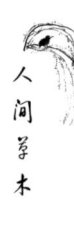

这是我在四十四年前听到的一个笑话。当时觉得很无聊（是在一个座谈会上听一个本地才子说的）。现在想起来觉得很亲切。因为它让我想起翠湖。

昆明和翠湖分不开，很多城市都有湖。杭州西湖、济南大明湖、扬州瘦西湖。然而这些湖和城的关系都还不是那样密切。似乎把这些湖挪开，城市也还是城市。翠湖可不能挪开。没有翠湖，昆明就不成其为昆明了。翠湖在城里，而且几乎就挨着市中心。城中有湖，这在中国，在世界上，都是不多的。说某某湖是某某城的眼睛，这是一个俗得不能再俗的比喻了。然而说到翠湖，这个比喻还是躲不开。只能说：翠湖是昆明的眼睛。有什么办法呢，因为它非常贴切。

翠湖是一片湖，同时也是一条路。城中有湖，并不妨碍交通。湖之中，有一条很整齐的贯通南北的大路。从文林街、先生坡、府甬道，到华山南路、正义路，这是一条直达的捷径。——否则就要走翠湖东路或翠湖西路，那就绕远多了。昆明人特意来游翠湖的也有，不多。多数人只是从这里穿过。翠湖中游人少而行人多。但是行人到了翠湖，也就成了游人了。从喧嚣扰攘的闹市和刻板枯燥的机关里，匆匆忙忙地走过来，一进了翠湖，即刻就会觉得浑身轻松下来；生活的重压、柴米油盐、委屈烦恼，就会冲淡一些。人们不知不觉地放慢了脚步,甚至可以停下来,在路边的石凳上坐一坐,抽一支烟,四边看看。即使仍在匆忙地赶路,人在湖光树影中,精神也很不一样了。翠湖每天每日,给了昆明人多少浮世的安慰和精神的疗养啊。因此,昆明人——包括外来的游子,对翠湖充满感激。

翠湖这个名字起得好!湖不大,也不小,正合适。小了,不够一游;太大了,游起来怪累。湖的周围和湖中都有堤。堤边密密地栽着树。树都很高大。主要的是垂柳。"秋尽江南草未凋",昆明的树好像到了冬天也还是绿的。尤其是雨季,翠湖的柳树真是绿得好像要滴下来。湖水极清。我的印象里翠湖似没有蚊子。夏天的夜晚,我们在湖中漫步或在堤边浅草中坐卧,好像都没有被蚊子咬过。湖水常年盈满。我在昆明住了七年,没有看见过翠湖干得见了底。偶尔接连下了几天大雨,湖水涨了,湖中的大路也被淹没,不能通过了。但这样的时候很少。翠湖的水不深。浅处没膝,深处也不过齐腰。因此没有人到这里来自杀。我们有一个广东籍的同学,因为失恋,曾投过翠湖。但是他下湖在水里走了一截,又爬上来了。因为他大概还不太想死,而且翠湖里也淹不死人。翠湖不种荷花,但是有许多水浮莲。肥厚碧绿的猪耳状的叶子,开着一望无际的粉紫色的蝶形的花,很热闹。我是在翠湖才认识这种水生植物的。

我以后也再也没看到过这样大片大片的水浮莲。湖中多红鱼,很大,都有一尺多长。这些鱼已经习惯于人声脚步,见人不惊,整天只是安安静静地,悠然地浮沉游动着。有时夜晚从湖中大路上过,会忽然拨剌一声,从湖心跃起一条极大的大鱼,吓你一跳。湖水、柳树、粉紫色的水浮莲、红鱼,共同组成一个印象:翠。

一九三九年的夏天,我到昆明来考大学,寄住在青莲街的同济中学的宿舍里,几乎每天都要到翠湖。学校已经发了榜,还没有开学,我们除了骑马到黑龙潭、金殿,坐船到大观楼,就是到翠湖图书馆去看书。这是我这一生去过次数最多的一个图书馆,也是印象极佳的一个图书馆。图书馆不大,形制有一点像一个道观。非常安静整洁。有一个侧院,院里种了好多盆白茶花。这些白茶花有时整天没有一个人来看它,就只是安安静静地欣然地开着。图书馆的管理员是一个妙人。他没有准确的上下班时间。有时我们去得早了,他还没有来,门没有开,我们就在外面等着。他来了,谁也不理,开了门,走进阅览室,把壁上一个不走的挂钟的时针"喀拉拉"一拨,拨到八点,这就上班了,开始借书。这个图书馆的藏书室在楼上。楼板上挖出一个长方形的洞,从洞里用绳子吊下一个长方形的木盘。借书人开好借书单,——管理员把借书单叫做"飞子",昆明人把一切不大的纸片都叫做"飞子",——买米的发票、包裹单、汽车票,都叫"飞子",——这位管理员看一看,放在木盘里,一拽旁边的铃铛,"唥唥",木盘就从洞里吊上去了。——上面大概有个滑车。不一会,上面拽一下铃铛,木盘又系了下来,你要的书来了。这种古老而有趣的借书手续我以后再也没有见过。这个小图书馆藏书似不少,而且有些善本。我们想看的书大都能够借到。过了两三个小时,这位干瘦而沉默的有点像陈老莲画出来的古典的图书管理员站起来,把壁上不走的挂钟的时针"喀拉拉"一拨,拨到十二点:下班!我们对他这种以意为之的计时方法完全没有意见。因为我们没有一定要看完的书,到这里来只是享受一点安静。我们的看书,是没有目的的,从《南诏国志》到福尔摩斯,逮什么看什么。

翠湖图书馆现在还有么?这位图书管理员大概早已作古了。不知道为什么,我会常常想起他来,并和我所认识的几个孤独、贫穷而有点怪僻的小知识分子的印象掺和在一起,越来越鲜明。总有一天,这个人物的形象会出现在我的小说里的。

翠湖的好处是建筑物少。我最怕风景区挤满了亭台楼阁。除了翠湖图书馆,有一簇洋房,是法国人开的翠湖饭店。这所饭店似乎是终年空着的。大门虽开着,但我从未见过有人进去,不论是中国人还是法国人。此外,大路之东,有几间黑瓦朱栏的平房,狭长的,按形制似应该叫做"轩"。也许里面是有一方题作什么轩的横匾的,但是我记不得了。也许根本没有。轩里有一阵曾有人卖过面点,大概因为生意不好,停歇了。轩内空荡荡的,没有桌椅。只在廊下有一个卖"糠虾"的老婆婆。"糠虾"是只有皮壳没有肉的小虾。晒干了,卖给游人喂鱼。花极少的钱,便可从老婆婆手里买半碗,一把一把撒在水里,一尺多长的红鱼就很兴奋地游过来,抢食水面的糠虾,喋喋有声。糠虾喂完,人鱼俱散,轩中又是空荡荡的,剩下老婆婆一个人寂然地坐在那里。

路东伸进湖水,有一个半岛。半岛上有一个两层的楼阁。阁上是个茶馆。茶馆的地势很好,四面有窗,入目都是湖水。夏天,在阁子上喝茶,很凉快。这家茶馆,夏天,是到了晚上还卖茶的(昆明的茶馆都是这样,收市很晚),我们有时会一直坐到十点多钟。茶馆卖盖碗茶,还卖炒葵花子、南瓜子、花生米,都装在一个白铁敲成的方碟子里,昆明的茶馆计账的方法有点特别:瓜子、花生,都是一个价钱,按碟算。喝完了茶,"收茶钱!"堂倌走过来,数一数碟子,就报出个钱数。我们的同学有时临窗饮茶,嗑完一碟瓜子,随手把铁皮碟往外一扔,"pia——",碟子就落进了水里。堂倌算账,还是照碟算。这些堂倌们晚上清点时,自然会发现碟子少了,并且也一定会知道这些碟子上哪里去了。但是从来没有一次收茶钱时因此和顾客吵起来过;并且在提着大铜壶用"凤凰三点头"手法为客人续水时也从不拿眼睛"贼"着客人。把瓜子碟扔进水里,自然是不大道德。不过堂倌不那么斤斤计较的风度却是很可佩服的。

除了到昆明图书馆看书,喝茶,我们更多的时候是到翠湖去"穷遛"。这"穷遛"有两层意思,一是不名一钱地遛,一是无穷无尽地遛。"园日涉以成趣",我们遛翠湖没有个够的时候。尤其是晚上,踏着斑驳的月光树影,可以在湖里一遛遛好几圈。一面走,一面海阔天空,高谈阔论。我们那时都是二十岁上下的人,似乎有很多话要说,可说,我们都说了些什么呢?我现在一句都记不得了!

我是一九四六年离开昆明的。一别翠湖,已经三十八年了,时间过得真快!

我是很想念翠湖的。

前几年,听说因为搞什么"建设",挖断了水脉,翠湖没有水了。我听了,觉得怅然,而且,愤怒了。这是怎么搞的!谁搞的?翠湖会成了什么样子呢?那些树呢?那些水浮莲呢?那些鱼呢?

最近听说,翠湖又有水了,我高兴!我当然会想到这是

三中全会带来的好处。这是拨乱反正。

但是我又听说,翠湖现在很热闹,经常举办"蛇展"什么的,我又有点担心。这又会成了什么样子呢?我不反对翠湖游人多,甚至可以有游艇,甚至可以设立摊篷卖破酥包子、焖鸡米线、冰激凌、雪糕,但是最好不要搞"蛇展"。我希望还我一个明爽安静的翠湖。我想这也是很多昆明人的希望。

一九八四年五月九日

* 本篇原载《滇池》1984年第八期;初收《汪曾祺自选集》,漓江出版社,1987年10月。

昆明的雨*

——昆明忆旧之三

宁坤要我给他画一张画,要有昆明的特点。我想了一些时候,画了一幅:右上角画了一片倒挂着的浓绿的仙人掌,末端开出一朵金黄色的花;左下画了几朵青头菌和牛肝菌。题了这样几行字:

> 昆明人家常于门头挂仙人掌一片以辟邪,仙人掌悬空倒挂,尚能存活开花。于此可见仙人掌生命之顽强,亦可见昆明雨季空气之湿润。雨季则有青头菌、牛肝菌,味极鲜腴。

我想念昆明的雨。

我以前不知道有所谓雨季。"雨季",是到昆明以后才有了具体感受的。

我不记得昆明的雨季有多长,从几月到几月,好像是相当长的。但是并不使人厌烦。因为是下下停停、停停下下,

不是连绵不断,下起来没完。而且并不使人气闷。我觉得昆明雨季气压不低,人很舒服。

昆明的雨季是明亮的、丰满的,使人动情的。城春草木深,孟夏草木长。昆明的雨季,是浓绿的。草木的枝叶里的水分都到了饱和状态,显示出过分的、近于夸张的旺盛。

我的那张画是写实的。我确实亲眼看见过倒挂着还能开花的仙人掌。旧日昆明人家门头上用以辟邪的多是这样一些东西:一面小镜子,周围画着八卦,下面便是一片仙人掌,——在仙人掌上扎一个洞,用麻线穿了,挂在钉子上。昆明仙人掌多,且极肥大。有些人家在菜园的周围种了一圈仙人掌以代替篱笆。——种了仙人掌,猪羊便不敢进园吃菜了。仙人掌有刺,猪和羊怕扎。

昆明菌子极多。雨季逛菜市场,随时可以看到各种菌子。最多,也最便宜的是牛肝菌。牛肝菌下来的时候,家家饭馆卖炒牛肝菌,连西南联大食堂的桌子上都可以有一碗。牛肝菌色如牛肝,滑,嫩,鲜,香,很好吃。炒牛肝菌须多放蒜,否则容易使人晕倒。青头菌比牛肝菌略贵。这种菌子炒熟了也还是浅绿色的,格调比牛肝菌高。菌中之王是鸡㙡,味道鲜浓,无可方比。鸡㙡是名贵的山珍,但并不真的贵得惊人。一盘红烧鸡㙡的价钱和一碗黄焖鸡不相上下,因为这东西在云南并不难得。有一个笑话:有人从昆明坐火车到呈贡,在车上看到地上有一棵鸡㙡,他跳下去把鸡㙡捡了,紧赶两步,还能爬上火车。这笑话用意在说明昆明到呈贡的火车之慢,但也说明鸡㙡随处可见。有一种菌子,中吃不中看,叫做干巴菌。乍一看那样子,真叫人怀疑:这种东西也能吃?!颜色深褐带绿,有点像一堆半干的牛粪或一个被踩破了的马蜂窝。里头还有许多草茎、松毛,乱七八糟!可是下点功夫,把草茎松毛择净,撕成蟹腿肉粗细的丝,和青辣椒同炒,入口便会使你张目结舌:这东西这么好吃?!还有一种菌子,中看不中吃,叫鸡油菌。都是一般大小,有一块银圆那样大,滴溜圆,颜色浅黄,恰似鸡油一样。这种菌子只能做菜时配色用,没甚味道。

雨季的果子,是杨梅。卖杨梅的都是苗族女孩子。戴一顶小花帽子,穿着扳尖的绣了满帮花的鞋,坐在人家阶石的一角,不时吆唤一声:"卖杨梅——",声音娇娇的。她们的声音使得昆明雨季的空气更加柔和了。昆明的杨梅很大,有一个乒乓球那样大,颜色黑红黑红的,叫做"火炭梅"。这个名字起得真好,真是像一球烧得炽红的火炭!一点都不酸!我吃过苏州洞庭山的杨梅、井冈山的杨梅,好像都比不上昆明的火炭梅。

雨季的花是缅桂花。缅桂花即白兰花,北京叫做"把儿兰"(这个名字真不好听)。云南把这种花叫做缅桂花,可能最初这种花是从缅甸传入的,而花的香味又有点像桂花,其实这跟桂花实在没有什么关系。——不过话又说回来,别处叫它白兰、把儿兰,它和兰花也挨不上呀,也不过是因为它很香,香得像兰花。我在家乡看到的白兰多是一人高,昆明的缅桂是大树! 我在若园巷二号住过,院里有一棵大缅桂,密密的叶子,把四周房间都映绿了。缅桂盛开的时候,房东(是一个五十多岁的寡妇)就和她的一个养女,搭了梯子上去摘,每天要摘下来好些,拿到花市上去卖。她大概是怕房客们乱摘她的花,时常给各家送去一些。有时送来一个七寸盘子,里面摆得满满的缅桂花! 带着雨珠的缅桂花使我的心软软的,不是怀人,不是思乡。

雨,有时是会引起人一点淡淡的乡愁的。李商隐的《夜雨寄北》是为许多久客的游子而写的。我有一天在积雨少住的早晨和德熙从联大新校舍到莲花池去。看了池里的满池清水,看了作比丘尼装的陈圆圆的石像(传说陈圆圆随吴三桂到云南后出家,暮年投莲花池而死),雨又下起来了。莲花池边有一条小街,有一个小酒店,我们走进去,要了一碟猪头肉,半斤市酒(装在上了绿釉的土瓷杯里),坐了下来。雨下大了。酒店有几只鸡,都把脑袋反插在翅膀下面,一只脚着地,一动也不动地在檐下站着。酒店院子里有一架大木香花。昆明木香花很多。有的小河沿岸都是木香。

但是这样大的木香却不多见。一棵木香,爬在架上,把院子遮得严严的。密匝匝的细碎的绿叶,数不清的半开的白花和饱涨的花骨朵,都被雨水淋得湿透了。我们走不了,就这样一直坐到午后。四十年后。我还忘不了那天的情味。写了一首诗:

> 莲花池外少行人,
> 野店苔痕一寸深。
> 浊酒一杯天过午,
> 木香花湿雨沉沉。

我想念昆明的雨。

一九八四年五月十九日

* 本篇原载《滇池》1984年第十期;初收《汪曾祺自选集》,漓江出版社,1987年10月。

随笔两篇*

水 母

在中国的北方,有一股好水的地方,往往会有一座水母宫,里面供着水母娘娘。这大概是因为北方干旱,人们对水有一种特殊的感情。为了表达这种感情,于是建了宫,并且创造出一个女性的水之神。水神之为女性,似乎是很自然的事,因为水是温柔的。虽然河伯也是水神,他是男的,但他惯会兴风作浪,时常跟人们捣乱,不是好神,可以另当别论。我在南方就很少看到过水母宫。南方多的是龙王庙。因为南方是水乡,不缺水,倒是常常要大水为灾,故多建龙王庙,让龙王来把水"治"住。

水母娘娘是一个很有特点的女神。

中国的女神的形象大都是一些贵妇人。神是人按照自己的样子创造出来的。女神该是什么样子呢?想象不出。

于是从富贵人家的宅眷中取样,这原本也是很自然的事。这些女神大都是宫样盛装,衣裙华丽,体态丰盈,皮肤细嫩。若是少女或少妇,则往往在端丽之中稍带一点妖冶。《封神榜》里的女娲圣象,"容貌端丽,瑞彩翩翩,国色天姿,宛然如生;真是蕊宫仙子临凡,月殿嫦娥下世",竟至使"纣王一见,神魂飘荡,陡起淫心",可见是并不冷若冰霜。圣象如此,也就不能单怪纣王。作者在描绘时笔下就流露出几分遐想,用语不免轻薄,很不得体的。《水浒传》里的九天玄女也差不多:"头绾九龙飞凤髻,身穿金缕绛绡衣。蓝田玉带曳长裾,白玉圭璋擎彩袖。脸如莲萼,天然眉目映云鬟;唇似樱桃,自在规模端雪体。犹如王母宴蟠桃,却似嫦娥居月殿。"虽然作者在最后找补了两句:"正大仙容描不就,威严形像画难成",也还是挽回不了妖艳的印象。——这二位长得都像嫦娥,真是不谋而合!倾慕中包藏着亵渎,这是中国的平民对于女神也即是对于大家宅眷的微妙的心理。有人见麻姑爪长,想到如果让她来搔搔背一定很舒服。这种非分的异想,是不难理解的。至于中年以上的女神,就不会引起膜拜者的隐隐约约的性冲动了。她们大都长得很富态,一脸的福相,低垂着眼皮,眼观鼻、鼻观心,毫无表情地端端正正地坐着,手里捧着"圭",圭下有一块蓝色的绸帕垫着,绸帕耷拉下来,我想是不让人看见她的胖手。这已经完

全是一位命妇甚至是皇娘了。太原晋祠正殿所供的那位晋之开国的国母,就是这样。泰山的碧霞元君,朝山进香的没有知识的乡下女人称之为"泰山老奶奶",这称呼实在是非常之准确,因为她的模样就像一个呼奴使婢的很阔的老奶奶,只不过不知为什么成了神了罢了。——总而言之,这些女神的"成份"都是很高的。"文化大革命"中,有一位农民出身当了造反派的头头的干部,带头打碎了很多神像,其中包括一些女神的像。他的理由非常简单明了:"她们都是地主婆!"不能说他毫无道理。

水母娘娘异于这些女神。

水母宫一般都很小,比一般的土地祠略大一些。"宫"门也矮,身材高大一些的,要低了头才能走进去。里面塑着水母娘娘的金身,大概只有二尺来高。这位娘娘的装束,完全是一个农村小媳妇:大襟的布袄,长裤,布鞋。她的神座不是什么"八宝九龙床",却是一口水缸,上面扣着一个锅盖,她就盘了腿用北方妇女坐炕的姿势坐在锅盖上。她是半侧着身子坐的,不像一般的神坐北朝南面对"观众"。她高高地举起手臂,在梳头。这"造型"是很美的。这就是在华北农村到处可以看见的一个俊俊俏俏的小媳妇,完全不是什么"神"!

她为什么会成了神?华北很多村里都流传着这样的故事:

有一家,有一个小媳妇。这地方没水。没有河,也没有井。她每天要到很远的地方去担水。一天,来了一个骑马的过路人,进门要一点水喝。小媳妇给他舀了一瓢。过路人一口气就喝掉了。他还想喝。小媳妇就由他自己用瓢舀。不想这过路人咕咚咕咚把半缸水全喝了!小媳妇想:这人大概是太渴了。她今天没水做饭了,这咋办?心里着急,脸上可没露出来。过路人喝够了水,道了谢。他倒还挺通情理,说:"你今天没水做饭了吧?"——"嗯哪!"——"你婆婆知道了,不骂你吗?"——"再说吧!"过路人说:"你这人——心好!这么着吧:我送给你一根马鞭子,你把鞭子插在水缸里。要水了,就把马鞭往上提提,缸里就有水了。要多少,提多高。要记住,不敢把马鞭子提出缸口!记住,记住,千万记住!"说完了话,这人就不见了。这是个神仙!从此往后,小媳妇就不用走老远的路去担水了。要用水,把马鞭子提一提,就有了。这可真是"美扎"啦!

一天,小媳妇住娘家去了。她婆婆做饭,要用水。她也照着样儿把马鞭子往上提。不想提过了劲,把个马鞭子一下子提出缸口了。这可了不得了,水缸里的水哗哗地往外涌,发大水了。不大会儿工夫,村子淹了!

小媳妇在娘家,早上起来,正梳着头,刚把头发打开,还没有挽上纂,听到有人报信,说她婆家村淹了,小媳妇一听:坏了!准是婆婆把马鞭子拔出缸外了!她赶忙往回奔。到

人间幻境花果山

119

了家,急中生计,抓起锅盖往缸口上一扣,自己腾地一下坐到锅盖上。嘿! 水不涌了!

后来,人们就尊奉她为水母娘娘,照着她当时的样子,塑了金身:盘腿坐在扣在水缸上的锅盖上,水退了,她接着梳头。她高高举起手臂,是在挽纂儿哪!

这个小媳妇是值得被尊奉为神的。听到婆家发了大水,急忙就往回奔,何其勇也。抓起锅盖扣在缸口,自己腾地坐了上去,何其智也。水退之后,继续梳头挽纂,又何其从容不迫也。

水母的塑像,据我见到过的,有两种。一种是凤冠霞帔作命妇装束的,俨然是一位"娘娘";一种是这种小媳妇模样的。我喜欢后一种。

这是农民自己的神,农民按照自己的模样塑造的神。这是农民心目中的女神:一个能干善良且俊俏的小媳妇。农民对这样的水母不缺乏崇敬,但是并不畏惧。农民对她可以平视,甚至可以谈谈家常。这是他们想出来的,他们要的神,——人,不是别人强加给他们头上的一种压力。

有一点是我不明白的。这小媳妇的功德应该是制服了一场洪水,但是她的"宫"却往往在一股好水的源头,似乎她是这股水的赐予者,这到底是怎么回事呢? 这个故事很美,但是这个很美的故事和她被尊奉为"水母"又有什么必然的关系呢？但是农民似乎不对这些问题深究。他们觉得故事就是这样的故事，她就是水母娘娘，无需讨论。看来我只好一直糊涂下去了。

中国的百姓——主要是农民，对若干神圣都有和统治者不尽相同的看法，并且往往编出一些对诸神不大恭敬的故事，这是很有意思的事。比如灶王爷。汉朝不知道为什么把"祀灶"搞得那样乌烟瘴气，汉武帝相信方士的鬼话，相信"祀灶可以致物"（致什么"物"呢？），而且"黄金可成，不死之药可至"。这纯粹是胡说八道。后来不知道怎么一来，灶王爷又和人的生死搭上了关系，成了"东厨司命定福灶君"。但是民间的说法殊不同。在北方的农民的传说里，灶王爷是有名有姓的，他姓张，名叫张三（你听听这名字！），而且这人是没出息的，他因为做了什么见不得人的事（什么事，我忘了）钻进了灶火里，弄得一身一脸乌漆墨黑，这才成了灶王。可惜我记性不好，对这位张三灶王爷的全部事迹已经模糊了。异日有暇，当来研究研究张三兄。

或曰：研究这种题目有什么意义，这和四个现代化有何关系？有的！我们要了解我们这个民族。

一九八四年六月廿三日

葵·薤

小时读汉乐府《十五从军征》,非常感动。

> 十五从军征,八十始得归。道逢乡里人,"家中有阿谁?"——"遥望是君家,松柏冢累累。"兔从狗窦入,雉从梁上飞,中庭生旅谷,井上生旅葵。舂谷持作饭,采葵持作羹。羹饭一时熟,不知贻阿谁。出门东向望,泪落沾我衣。

诗写得平淡而真实,没有一句迸出呼天抢地的激情,但是惨切沉痛,触目惊心。词句也明白如话,不事雕饰,真不像是两千多年前的人写出的作品,一个十来岁的孩子也完全能读懂。我未从过军,接触这首诗的时候,也还没有经过长久的乱离,但是不止一次为这首诗流了泪。

然而有一句我不明白,"采葵持作羹"。葵如何可以为羹呢?我的家乡人只知道向日葵,我们那里叫做"葵花"。这东西怎么能做羹呢?用它的叶子?向日葵的叶子我是很熟悉的,很大,叶面很粗,有毛,即使是把它切碎了,加了油盐,煮熟之后也还是很难下咽的。另外有一种秋葵,开淡黄色薄瓣的大花,叶如鸡脚,又名鸡爪葵。这东西也似不能做羹。还有一种蜀葵,又名锦葵,内蒙、山西一带叫做"蜀蓟"。我们那里叫做端午花,因为在端午节前后盛开。我从来也没听说过端午花能吃,——包括它的叶、茎和花。后来我在济南的山东博物馆的庭院里看到一种戎葵,样子有点像秋葵,开着耀眼的朱红的大花,红得简直吓人一跳。我想,这种葵大概也不能吃。那么,持以作羹的葵究竟是一种什么东西呢?

后来我读到吴其濬的《植物名实图考长编》和《植物名实图考》。吴其濬是个很值得叫人佩服的读书人。他是嘉庆进士,自翰林院修撰官至湖南等省巡抚。但他并没有只是做官,他留意各地物产丰瘠与民生的关系,依据耳闻目见,辑录古籍中有关植物的文献,写成了《长编》和《图考》这样两部巨著。他的著作是我国十九世纪植物学极重要的专著。直到现在,西方的植物学家还认为他绘的图十分精确。吴其濬在《图考》中把葵列为蔬类的第一品。他用很激动的语气,几乎是大声疾呼,说葵就是冬苋菜。

然而冬苋菜又是什么呢? 我到了四川、江西、湖南等省,才见到。我有一回住在武昌的招待所里,几乎餐餐都有一碗绿色的叶菜做的汤。这种菜吃到嘴是滑的,有点像莼菜。但我知道这不是莼菜,因为我知道湖北不出莼菜,而且

样子也不像。我问服务员:"这是什么菜?"——"冬苋菜!"第二天我过到一个巷子,看到有一个年轻的妇女在井边洗菜。这种菜我没有见过。叶片圆如猪耳,颜色正绿,叶梗也是绿的。我走过去问她洗的这是什么菜,——"冬苋菜!"我这才明白:这就是冬苋菜,这就是葵!那么,这种菜作羹正合适,——即使是旅生的。从此,我才算把《十五从军征》真正读懂了。

吴其濬为什么那样激动呢?因为在他成书的时候,已经几乎没有人知道葵是什么了。

蔬菜的命运,也和世间一切事物一样,有其兴盛和衰微,提起来也可叫人生一点感慨。葵本来是中国的主要蔬菜。《诗·邠风·七月》:"七月烹葵及菽",可见其普遍。后魏《齐民要术》以《种葵》列为蔬菜第一篇。"采葵莫伤根","松下清斋折露葵",时时见于篇咏。元代王祯的《农书》还称葵为"百菜之主"。不知怎么一来,它就变得不行了。明代的《本草纲目》中已经将它列入草类,压根儿不承认它是菜了!葵的遭遇真够惨的!到底是什么原因呢?我想是因为后来全国普遍种植了大白菜。大白菜取代了葵。齐白石题画中曾提出"牡丹为花之王,荔枝为果之王,独不论白菜为菜中之王,何也?"其实大白菜实际上已经成"菜之王"了。

幸亏南方几省还有冬苋菜,否则吴其濬就死无对证,好像葵已经绝了种似的。吴其濬是河南固始人,他的家乡大概早已经没有葵了,都种了白菜了。他要是不到湖南当巡抚,大概也弄不清葵是啥。吴其濬那样激动,是为葵鸣不平。其意若曰:葵本是菜中之王,是很好的东西;它并没有绝种!它就是冬苋菜!您到南方来尝尝这种菜,就知道了!

北方似乎见不到葵了。不过近几年北京忽然卖起一种过去没见过的菜:木耳菜。你可以买一把来,做个汤,尝尝。葵就是那样的味道,滑的。木耳菜本名落葵,是葵之一种,只是葵叶为绿色,而木耳菜则带紫色,且叶较尖而小。

由葵我又想到薤。

我到内蒙去调查抗日战争时期游击队的材料,准备写一个戏。看了好多份资料,都提到部队当时很苦,时常没有粮食吃,吃"荄荄",下面多于括号中注明"(音'害害')"。我想:"荄荄"是什么东西?再说"荄"读gāi,也不读"害"呀!后来在草原上有人给我找了一棵实物,我一看,明白了:这是薤。薤音xiè。内蒙、山西人每把声母为X的字读成H母,又好用叠字,所以把"薤"念成了"害害"。

薤叶极细。我捏着一棵薤,不禁想到汉代的挽歌《薤露》,"薤上露,何易晞,露晞明朝还复落,人死一去何时归?"不说葱上露、韭上露,是很有道理的。薤叶上实在挂不住多少露水,太易"晞"掉了。用此来比喻人命的短促,非常贴

切。同时我又想到汉代的人一定是常常食薤的,故尔能近取譬。

北方人现在极少食薤了。南方人还是常吃的。湖南、湖北、江西、云南、四川都有。这几省都把这东西的鳞茎叫做"藠头"。"藠"音"叫"。南方的年轻人现在也有很多不认识这个藠字的。我在韶山参观,看到说明材料中提到当时用的一种土造的手榴弹,叫做"洋藠古",一个讲解员就老实不客气地读成"洋晶古"。湖南等省人吃的藠头大都是腌制的,或入醋,味道酸甜;或加辣椒,则酸甜而极辣,皆极能开胃。

南方人很少知道藠头即是薤的。

北方城里人则连藠头也不认识。北京的食品商场偶尔从南方运了藠头来卖,趋之若鹜的都是南方几省的人。北京人则多用不信任的眼光端详半天,然后望望然而去之。我曾买了一些,请几位北方同志尝尝,他们闭着眼睛嚼了一口,皱着眉头说:"不好吃!——这哪有糖蒜好哇!"我本想长篇大论地宣传一下藠头的妙处,只好咽回去了。

哀哉,人之成见之难于动摇也!

我写这篇随笔,用意是很清楚的。

第一,我希望年轻人多积累一点生活知识。古人说诗的作用:可以观,可以群,可以怨,还可以多识于草木虫鱼之名。这最后一点似乎和前面几点不能相提并论,其实这是很重要的。草木虫鱼,多是与人的生活密切相关。对于草木虫鱼有兴趣,说明对人也有广泛的兴趣。

第二,我劝大家口味不要太窄,什么都要尝尝,不管是古代的还是异地的食物,比如葵和薤,都吃一点。一个一年到头吃大白菜的人是没有口福的,许多大家都已经习以为常的蔬菜,比如菠菜和莴笋,其实原来都是外国菜。西红柿、洋葱,几十年前中国还没有,很多人吃不惯,现在不是也都很爱吃了么?许多东西,乍一吃,吃不惯,吃吃,就吃出味儿来了。

你当然知道,我这里说的,都是与文艺创作有点关系的问题。

一九八四年六月二十七日

* 本篇原载《北京文学》1984年第十一期;初收《汪曾祺自选集》,漓江出版社,1987年10月。

昆明的花*

——昆明忆旧之六

茶 花

张岱的文章里不止一次提到"滇茶一本",云南茶花驰名久矣。茶花曾被选为云南省花。曾见过一本《云南茶花》照相画册,印制得很精美,大概就是那一年编印的。茶花品种很多,颜色、花形各异。滇茶为全国第一,在全世界也是有数的。这大概是因为云南的气候土壤都于茶花特别相宜。

西山某寺(偶忘寺名)有一棵很大的红茶花。一棵茶花,占了大雄宝殿前的院子的一多半,——寺庙的庭院都是很大的。花开时,至少有上百朵,花皆如汤碗口大。碧绿的厚叶子,通红的花头,使人不暇仔细观赏,只觉得烈烈轰轰的一大片,真是壮观。寺里的和尚怕树身负担不了那么多花头的重量,用杉木搭了很大的架子,支撑着四面的枝条。

我一生没有看见过这样高大的茶花。

茶花的花期很长。我似乎没有见过一朵凋败在树上的茶花。这也是茶花的可贵处。

汤显祖把他的居室名为"玉茗堂"。俞平伯先生在一篇文章里说,玉茗是一种名贵的白茶花。我在《云南茶花》那本画册里好像没有发现"玉茗"这一名称。不过我相信云南是一定有玉茗的,也许叫做什么别的名字。

樱　花

春雨既足,风和日暖,圆通公园樱花盛开。花开时,游人很多,蜜蜂也很多。圆通公园多假山,樱花就开在假山的上上下下。樱花无姿态,花形也平常,不耐细看,但是当得一个"盛"字。那么多的花,如同明霞绛雪,真是热闹!身在耀眼的花光之中,满耳是嗡嗡的蜜蜂声音,使人觉得有点晕晕忽忽的。此时人与樱花已经融为一体。风和日暖,人在花中,不辨为人为花。

兰　花

曾到一位绅士家作客,——他的女儿是我们的同学。

这位绅士曾经当过一任教育总长,多年闲居在家,每天除了看看报纸,研究在很远的地方进行的战争,谈谈中国的线装书和法国小说,剩下的嗜好是种兰花。他的客厅里摆着几十盆兰花。这间屋子仿佛已为兰花的香气所窨透,纱窗竹帘,无不带有淡淡的清香。屋里屋外都静极了。坐在这间客厅里,用细瓷盖碗喝着"滇绿",看看披拂的兰叶,清秀素雅的兰花箭子,闻嗅着兰花的香气,真不知身在何世。

我的一位老师曾在呈贡桃园住过几年。他的房东也是爱种兰花的。隔了差不多四十年,这位先生还健在,已经是一位老者了。经过"文化大革命",他的兰花居然能保存了下来。他的女儿要到北京来玩,劝说她父亲也到北京走走,老人不同意,他说:"我的这些兰花咋个整?"

缅桂花

昆明缅桂花多,树大,叶茂,花繁。每到雨季,一城都是缅桂花的浓香,我已于《昆明的雨》中说及,不复赘。

粉团花

粉团花即绣球。昆明人谓之"粉团",亦有理致。

云南民歌:"阿妹好像粉团花",用绣球花来比拟少女,别处的民歌里好像还未见过。于此可见云南绣球甚多,遍布城乡,所以歌手们能近取譬。

康乃馨·菖兰·夜来香

康乃馨昆明人谓之洋牡丹,菖兰即剑兰,夜来香在有的地方叫做晚香玉。这都是插瓶的花。康乃馨有红的、粉的、白的。菖兰的颜色更多,粉色的,白色的,黄色的,紫得发黑的。夜来香洁白如玉。昆明近日楼有一个很大的花市,卖花人把水灵灵的鲜花摊在一片芭蕉叶上卖。鲜花皆烂贱,买一大把鲜花和称二斤青菜的价钱差不多。

美人蕉和波斯菊

波斯菊叶子极细碎轻柔。花粉紫色,单瓣;瓣极薄。微风吹拂,花叶动摇,如梦如烟。

我原以为波斯菊只有南方有,后来在张家口坝上沽源县的街头也看见了这种花,只是塞北少雨水,花开得不如昆明滋润。在沽源看见波斯菊使我非常惊喜,因为它使我一下子想起了昆明。

波斯菊真是从波斯传来的么？那么你是一位远客了。

昆明的美人蕉皆极壮大，花也大，浓红如鲜血。红花绿叶，对比鲜明。我曾到郊区一中学去看一个朋友，未遇。学校已经放了暑假，一个人没有，安安静静的，校园的花圃里一大片美人蕉赫然地开着鲜红鲜红的大花。我感到一种特殊的，颜色强烈的寂寞。

叶 子 花

叶子花别处好像是叫做三角梅，昆明人就老是不客气地叫它叶子花，因为它的花瓣和叶子完全一样，只是长条的顶端的十几撮花的颜色是紫红的，而下边的叶子是深绿的。青莲街拐角有一家很大的公馆，围墙的墙头上种的都是叶子花。墙头上种花，少有！

报 春 花

我想查一查报春花的资料。家里只有一本《辞海》。我相信《辞海》里是不会收这一条的。报春花不是名花。但我还是抱着姑且查查看的心情翻开了《辞海》，不料竟有！

报春花……一年生草本。叶基生,长卵形,顶端圆钝,基部楔形或心形,边缘有不整齐缺裂,缺裂具细锯齿,上面被纤毛,下面有白粉或疏毛。秋季开花,花高脚碟状,红色或淡紫色,伞形花序2—4轮,蒴果球形。多生于荒野、田边。原产我国云南、贵州。各地栽培,供观赏。

不错,不错!就是它,就是它!难得是它把报春花描写得这样仔细。尤其使我欢喜的,是它告诉我云南是报春花的老家。

我在北京的一家花店里重遇报春花,栽在花盆里,标价一元一盆。我不禁冷笑了:这种东西也卖钱!我们在昆明市,到田边散步,一扯就是一大把!

一九八五年六月九日

* 本篇原载《滇池》1986年第三期;初收《汪曾祺全集》第三卷,北京师范大学出版社,1998年8月。

生　机[*]

芋　头

一九四六年夏天,我离开昆明,去上海,途经香港,因为等船期,滞留了几天,住在一家华侨公寓的楼上。这是一家下等公寓,已经很敝旧了,墙壁多半没有粉刷过。住客是开机帆船的水手,跑澳门做鱿鱼、蠔油生意的小商人,准备到南洋开饭馆的厨师,还有一些说不清是什么身份的角色。这里吃住都是很便宜的。住,很简单,有一条席子,随便哪里都能躺一夜。每天两顿饭,米很白。菜是一碟炒通菜,一碟在开水里焯过的墨斗鱼脚,还顿顿如此。墨斗鱼脚,我倒爱吃,因为这是海味。——我在昆明七年,很少吃到海味。只是心情很不好。我到上海,想去谋一个职业,一点着落也没有,真是前途渺茫。带来的钱,买了船票,已经所剩无几。在这里又是举目无亲,连一个可以说说话的人都没有。我整天无所事事,除了到皇后道、德铺道去瞎逛,就是踅到走廊上去看水手、小商人、厨师打麻将。真是无聊呀。

我忽然发现了一个奇迹,一棵芋头!楼上的一侧,一个很大的阳台,阳台上堆着一堆煤块,煤块里竟然长出一棵芋头!大概不知是谁把一个不中吃的芋头随手扔在煤堆里,它竟然活了。没有土壤,更没有肥料,仅仅靠了一点雨水,它,长出了几片碧绿肥厚的大叶子,在微风里高高兴兴地摇曳着。在寂寞的羁旅之中看到这几片绿叶,我心里真是说不出的喜欢。

这几片绿叶使我欣慰,并且,并不夸张地说,使我获得一点生活的勇气。

豆　芽

秦老九去点豆子。所有的田埂都点到了。——豆子一般都点在田埂的两侧,叫做"豆埂",很少占用好地的。豆子不需要精心管理,任其自由生长。谚云:"懒媳妇种豆"。还剩下一把。秦老九懒得把这豆子带回去。就掀开路旁一块石头,把豆子撒到石头下面,说了一声:"去你妈的",又把石头放下了。

过了一阵,过了谷雨,立夏了,秦老九到田头去干活,路

过这块石头,他的眼睛瞪得像铃铛:石头升高了!他趴下来看看!豆子发了芽,一群豆芽把石头顶起来了。

"咦!"

刹那之间,秦老九成了一个哲学家。

长进树皮里的铁蒺藜

玉渊潭当中有一条南北的长堤,把玉渊潭隔成了东湖和西湖。堤中间有一水闸,东西两湖之水可通。东湖挨近钓鱼台。"四人帮"横行时期,沿东湖岸边拦了铁丝网。附近的老居民把铁丝网叫做铁蒺藜。铁丝网就缠在湖边的柳树干上,绕一个圈,用钉子钉死。东湖被圈禁起来了。湖里长满了水草,有成群的野鸭凫游,没有人。湖中的堤上还可以通过,也可以散散步,但是最好不要停留太久,更不能拍照。我的孩子有一次带了一个照相机,举起来对着钓鱼台方向比了比,马上走过来一个解放军,很严肃地说:"不许拍照!"行人从堤上过,总不禁要向钓鱼台看两眼,心里想:那里头现在在干什么呢?

"四人帮"粉碎后,铁丝网拆掉了。东湖解放了。岸上有人散步,遛鸟,湖里有了游船,还有人划着轮胎内带扎成的筏子撒网捕鱼,有人弹吉他、吹口琴、唱歌。住在附近的老人每天在固定的地方聚会闲谈。他们谈柴米油盐、男婚女嫁、玉渊潭的变迁……

但是铁蒺藜并没有拆净。有一棵柳树上还留着一圈。铁蒺藜勒得紧,柳树长大了,把铁蒺藜长进树皮里去了。兜着铁蒺藜的树皮愈合了,鼓出了一圈,外面还露着一截铁的毛刺。

有人问:"这棵树怎么啦?"

一个老人说:"铁蒺藜勒的!"

这棵柳树将带着一圈长进树皮里的铁蒺藜继续往上长,长得很大,很高。

* 本篇原载《丑小鸭》1985年第八期;初收《汪曾祺全集》第三卷,北京师范大学出版社,1998年8月。

香港的鸟*

早晨九点钟,在跑马地一带闲走。香港人起得晚,商店要到十一点才开门,这时街上人少,车也少,比较清静。看见一个人,大概五十来岁,手里托着一只鸟笼。这只鸟笼的底盘只有一本大三十二开的书那样大,两层,做得很精致。这种双层的鸟笼,我还是头一次见到。楼上楼下,各有一只绣眼。香港的绣眼似乎比内地的更为小巧。他走得比较慢,近乎是在散步。——香港人走路都很快,总是匆匆忙忙,好像都在赶着去办一件什么事。在香港,看见这样一个遛鸟的闲人,我觉得很新鲜,至少他这会儿还是清闲的,——也许过一个小时他就要忙碌起来了。他这也算是遛鸟了,虽然在林立的高楼之间,在狭窄的人行道上遛鸟,不免有点滑稽。而且这时候遛鸟,也太晚了一点。——北京的遛鸟的这时候早遛完了,回家了。莫非香港的鸟也醒得晚?

在香港的街上遛鸟,大概只能用这样精致的双层小鸟笼。像徐州人那样可不行。——我忽然想起徐州人遛鸟。徐州人养百灵,笼极高大,高三四尺(笼里的"台"也比北京的高得多),无法手提,只能用一根打磨得极光滑的枣木杆子作扁担,把鸟笼担着。或两笼,或三笼、四笼。这样的遛鸟,只能在旧黄河岸,慢慢地走。如果在香港,担着这样高大的鸟笼,用这样的慢步遛鸟,是绝对不行的。

我告诉张辛欣,我看见一个香港遛鸟的人,她说:"你就注意这样的事情!"我也不禁自笑。

在隔海的大屿山,晨起,听见斑鸠叫。艾芜同志正在散步,驻足而听,说:"斑鸠。"意态悠远,似乎有所感触,又似乎没有。

宿大屿山,夜间听见蟋蟀叫。

临离香港,被一个记者拉住,问我对于香港的观感。匆促之间,不暇细谈,我只说:"眼花缭乱,应接不暇",并说我在香港听到了斑鸠和蟋蟀,觉得很亲切。她问我斑鸠是什么,我只好摹仿斑鸠的叫声,她连连点头。也许她听不懂我的普通话,也许她真的对斑鸠不大熟悉。

香港鸟很少,天空几乎见不到一只飞着的鸟,鸦鸣鹊噪都听不见。但是酒席上几乎都有焗禾花雀和焗乳鸽。香港有那么多餐馆,每天要消耗多少禾花雀和乳鸽呀?这些禾花雀和乳鸽是哪里来的呢?对于某些香港人来说,鸟是可

吃的，不是看的，听的。

城市发达了，鸟就会减少。北京太庙的灰鹤和宣武门城楼的雨燕现在都没有了。但是我希望有关领导在从事城市建设时，能注意多留住一些鸟。

* 本篇原载1986年3月30日《光明日报》；初收《蒲桥集》，作家出版社，1989年3月。

桥边散文*

午门忆旧

北京解放前夕,一九四八年夏天到一九四九年春天,我曾到午门的历史博物馆工作过一段时间。

午门是紫禁城总体建筑的一个重要的组成部分。这是故宫的正门,是真正的"宫门"。进了天安门、端门,这只是宫廷的"前奏",进了午门,才算是进了宫。有午门,没有午门,是不大一样的。没有午门,进天安门、端门,直接看到三大殿,就太敞了,好像一件衣裳没有领子。有午门当中一隔,后面是什么,都瞧不见,这才显得宫里神秘庄严,深不可测。

午门的建筑是很特别的。下面是一个凹形的城台。城台上正面是一座九间重檐庑殿顶的城楼;左右有重檐的方亭四座。城楼和这四座正方的亭子之间,有廊庑相连属,稳重而不笨拙,玲珑而不纤巧,极有气派,俗称为"五凤楼"。在旧戏里,五凤楼成了皇宫的代称。《草桥关》里姚期唱道:"到明天陪王伴驾在那五凤楼",《珠帘寨》里程敬思唱道:"为千岁懒登五凤楼",指的就是这里。实际上姚期和程敬思都是不会登上五凤楼的。楼不但大臣上不去,就是皇帝也很少上去。

午门有什么用呢？旧戏和评书里常有一句话:"推出午门斩首!"哪能呢! 这是编戏编书的人想象出来的。午门的用处大概有这么三项:一是逢什么大典时,皇上登上城楼接见外国使节。曾见过一幅紫铜的版刻,刻的就是这一盛典。外国使节、满汉官员,分班肃立,极为隆重。是哪一位皇上,庆的是何节日,已经记不清了。其次是献俘。打了胜仗(一般都是镇压了少数民族),要把俘虏(当然不是俘虏的全部,只是代表性的人物)押解到京城来。献俘本来应该在太庙。《清会典·礼部》:"解送俘囚至京师,钦天监择日献俘于太庙社稷。"但据熟悉掌故的同志说,在午门。到时候皇上还要坐到城楼亲自过过目。究竟在哪里,余生也晚,未能亲历,只好存疑。第三,大概是午门最有历史意义,也最有戏剧性的故实,是在这里举行廷杖。廷杖,顾名思义,是在朝廷上受杖。不过把一位大臣按在太和殿上打屁股,也实在不大像样子,所以都在午门外举行。廷杖是对廷臣的酷刑。据朱国桢《涌幢小品》，廷杖始于唐玄宗时。但是盛行似在明代。原来不过是"意思意思"。《涌幢小品》说，"成化以前，凡廷杖者不去衣，用厚棉底衣，毛毡迭帊，示辱而已。"穿了厚棉裤，又垫着几层毡子，打起来想必不会太疼。但就这样也够呛，挨打以后，要"卧床数日，而后得愈"。"正德初年，逆瑾（刘瑾）用事，恶廷臣，始去衣。"——那就说脱了裤子，露出屁股挨打了。"遂有杖死者。"掌刑的是"厂卫"。明朝宦官掌握的特务机关有东厂、西厂，后来又有中行厂。廷杖在午门外举行，抡杖的该是中行厂的锦衣卫。五凤楼下，血肉横飞，是何景象？

不知从什么时候起，五凤楼就很少有人上去。"马道"的门锁着。民国以后，在这里设立了历史博物馆。据历史博物馆的老工友说，建馆后，曾经修缮过一次，从城楼的天花板上扫出了一些烧鸡骨头、荔枝壳和桂圆壳。他们说，这是"飞贼"留下来的。北京的"飞贼"做了案，就到五凤楼天花板上藏着，谁也找不着——那倒是，谁能搜到这样的地方呢？老工友们说，"飞贼"用一根麻绳，一头系一个大铁钩，一甩麻绳，把铁钩搭在城垛子上，三把两把，就"就"上来了。这种情形，他们谁也不会见过，但是言之凿凿。这种燕子李三式的人物引起老工友们美丽的向往，因为他们都已经老了，而且有的已经半身不遂。

"历史博物馆"名目很大,但是没有多少藏品,东边的马道里有两尊"将军炮",是很大的铜炮,炮管有两丈多长。一尊叫做"武威将军炮",另一尊叫什么将军炮,忘了。据说张勋复辟时曾起用过两尊将军炮,有的老工友说他还听到过军令:"传武威将军炮!"传"××将军炮!"是谁传?张勋,还是张勋的对立面?说不清。马道拐角处有一架李大钊烈士就义的绞刑机。据说这架绞刑机是德国进口的,只用过一次。为什么要把这东西陈列在这里呢?我们在写说明卡片时,实在不知道如何下笔。

城楼(我们习惯叫做"正殿")里保留了皇上的宝座。两边铁架子上挂着十多件袁世凯祭孔用的礼服,黑缎的面料,白领子,式样古怪,道袍不像道袍。这一套服装为什么陈列在这里,也莫名其妙。

四个方亭子陈列的都是没有多大价值、也不值什么钱的文物:不知道来历的墓志、烧瘫在"匣"里的钧窑瓷碗、清代的"黄册"(为征派赋役编造的户口册),殿试的卷子、大臣的奏折……西北角一间亭子里陈列的东西却有点特别,是多种刑具。有两把杀人用的鬼头刀,都只有一尺多长。我这才知道,杀头不是用力把脑袋砍下来,而是用"巧劲"把脑袋"切"下来。最引人注意的是一套凌迟用的刀具,装在一个木匣里,有一二十把,大小不一。还有一把细长的锥子。

据说受凌迟的人挨了很多刀,还不会死,最后要用这把锥子刺穿心脏,才会气绝。中国的剐刑搞得这样精细而科学,真是令人叹为观止。

整天和一些价值不大、不成系统的文物打交道,真正是"抱残守阙"。日子过得倒是蛮清闲的。白天检查检查仓库,更换更换说明卡片,翻翻资料,都是可做可不做的事情。下班后,到左掖门外筒子河边看看算卦的算卦,——河边有好几个卦摊;看人叉鱼,——叉鱼的沿河走,捏着鱼叉,欻地一叉下去,一条二尺来长的黑鱼就叉上来了。到了晚上,天安门、端门、左右掖门都关死了,我就到屋里看书。我住的宿舍在右掖门旁边,据说原是锦衣卫——就是执行廷杖的特务值宿的房子。四外无声,异常安静。我有时走出房门,站在午门前的石头坪场上,仰看满天星斗,觉得全世界都是凉的,就我这里一点是热的。

北平一解放,我就告别了午门,参加四野南下工作团南下了。

从此就再也没有到午门去看过,不知道午门现在是什么样子。

有一件事可以记一记。解放前一天,我们正准备迎接解放。来了一个人,说:"你们赶紧收拾收拾,我们还要办事呢!"他是想在午门上登基。这人是个疯子。

一九八六年一月九日

玉渊潭的传说

玉渊潭公园范围很大。东接钓鱼台，西到三环路，北靠白堆子、马神庙，南通军事博物馆。这个公园的好处是自然，到现在为止，还不大像个公园，——将来可不敢说了。没有亭台楼阁、假山花圃。就是那么一片水，好些树。绕湖中有长堤，转一圈得一个多小时。湖中有堤，贯通南北，把玉渊潭分为西湖和东湖。西湖可游泳，东湖可划船。湖边有很多人钓鱼，湖里有人坐了汽车内胎扎成的筏子兜圈。堤上有人遛鸟。有两三处是鸟友们"会鸟"的地方。画眉、百灵，叫成一片。有人打拳、做鹤翔桩、跑步。更多的人是遛弯儿的。遛弯有几条路线，所见所闻不同。常遛的人都深有体会。有一位每天来遛的常客，以为从某处经某处，然后出玉渊潭，最有意思。他说："这个弯儿不错。"

每天遛弯儿，总可遇见几位老人。常见，面熟了，见到总要点点头："遛遛？"——"吃啦？"——"今儿天不错——没风！"……

几位老人都已经八十上下了。他们是玉渊潭的老住户，有的已经住了几辈子。他们原来都是种地的，退休了。身子骨都挺硬朗。早晨，他们都绕长堤遛弯儿。白天，放放奶羊、莳弄莳弄巴掌大的一块菜地、摘一点喂鸡的猪儿草。晚饭后大都聚在湖北岸水闸旁边聊天。尤其是夏天，常常聊到很晚。这地方凉快。

我听他们聊，不免问问玉渊潭过去的事。

他们说玉渊潭原本是一片荒地，没有什么人来。只有每年秋天，热闹几天。城里很多人到玉渊潭来吃烤肉，——北京人不是讲究"贴秋膘"吗？各处架起烤肉炙子，烧着柴火，烤肉的香味顺风飘得老远……

秋高气爽，到野地里吃烤肉，瞧瞧湖水，闻着野花野草的清香，确实是一件乐事。我倒愿意这种风气能够恢复。不过，很难了！

老人们说：这玉渊潭原本是私人的产业，是张××的（他们把这个姓张的名字叫得很真凿，我曾经记住，后来忘了）。那会玉渊潭就是当中有一条陆地，种稻子。土肥水好，每年收成不错，玉渊潭一带的人，种的都是张家的地。

他们说：不但玉渊潭，由打阜成门，一直到现在的三环路，都是张××的，他一个人的。

（这可能么？）

这张××是怎么发的家呢？他是做"供"的。早年间北京人订供，不是一次给钱，而是分期给，按时给，从正月给到腊月，年底下就能捧回去一盘供。这张××收了很多家的钱，全花了。到了年根，要面没面，要油没油，拿什么给人家呀！他着急呀，睡不着觉。迷迷糊糊地，着了。做了一个梦。梦里听见有人跟他说：张××，哪儿哪儿有你的油，你的面，你去拉吧！他醒来，到了那儿，有一所房，里面有油，有面。他就赶着车往外拉。怎么拉也拉不完。怎么拉，也拉不完。起那儿，他就发了大财了！

这个传说当然不可信，情节也比较一般化。不过也还有点意思。从这个传说让我了解了几件事。

第一，北京人家过年，家家都要有一盘供。南方人也许不知道什么是"供"。供，就是面擀成指头粗的条，在油里炸透，蘸了蜂蜜，堆成宝塔形，供在神案上的一种甜食。这大概本来是佛教的敬奉释迦牟尼的东西，而且本来可能是庙里制做的。《红楼梦》第一回写葫芦庙中炸供，和尚不小心，油锅火逸，造成火灾，可为旁证。不过《红楼梦》写炸供是在三月十五，而北京人家摆供则在大年初一，季节不同。到后来，就不只是敬给释迦牟尼了，天上地下，各教神仙都有份。似乎一切神佛都爱吃甜东西。其实爱吃这种甜食的是孩子。北京的孩子大概都曾乘大人看不见的时候，偷偷地掰过供尖吃。到了撤供的时候，一盘供就会矮了一截。现在过年的时候，没有人家摆供了，不过点心铺里还有"蜜供"卖，只是不复堆成宝塔形，而是一疙瘩一块的。很甜，有一点蜜香。

第二，我这才知道，北京人家订供，用的是这种"分期付款"的办法。分期付款，我原以为是外国传来的，殊不知中国，北京，古已有之。所不同的，现在的分期付款是先取了东西，再陆续付钱，订供则是先钱后货。小户人家，到年底一次拿出一笔钱来办供，有些费劲，这样零揪着按月交钱，就轻松多了；做供的呢，也可以攒了本钱，从容备料。买主卖主，两得其便。这办法不错！

第三，这几位老人对这传说毫不怀疑。他们是当真事儿说的。他们说张××实有其人，他们说他就住在三环路的南边。他们说北京人有一句话："你有钱！——你有钱能比得了张××吗！"这几位老人都相信：人要发财，这是天意，这是命。因此，他们都顺天而知命，与世无争，不作非分之想。他们勤劳了一辈子，恬淡寡欲，心平气和。因此，他们都长寿。

一九八六年一月十三日

* 本篇原载《北京文学》1986年第五期；初收《蒲桥集》，作家出版社，1989年3月。

香港的高楼和北京的大树*

香港多高楼,无大树。

中环一带,高楼林立,车如流水。楼多在五六十层以上。因为都很高,所以也显不出哪一座特别突出。建筑材料钢筋水泥已经少见了。飞机钢、合金铝、透亮的玻璃、纯黑的大理石。香港马路窄,无林荫树。寸土如金,无隙地可种树也。

这个城市,五光十色,只是缺少必要的、足够的绿。

半山有树。

山顶有树。

只是似乎没有人注意这些树,欣赏这些树。树被人忽略了。

海洋公园有树,都修剪得很整洁。这里有从世界各地移植来的植物。扶桑花皆如碗大,有深红、浅红、白色的,内地少见。但是游人极少在这些过于鲜明的花木之间留连。到这里来的目的是乘坐"疯狂飞天车"、浪船、"八脚鱼"之类的富于刺激性的、使人晕眩的游乐玩意。

我对这些玩意全都不敢领教,只是吮吸着可口可乐,看看年轻人乘坐这些玩意的兴奋紧张的神情,听他们在危险的瞬间发出的惊呼。我老了。

我坐在酒店的房间里(我在香港极少逛街,张辛欣说我从北京到香港就是换一个地方坐着),想起北京的大树,中山公园、劳动人民文化宫、天坛的柏树,北海的白皮松。

渡海到大屿岛梅窝参加大陆和香港作家的交流营,住了两天。这是香港人度假的地方,很安静。海、沙滩、礁石。错错落落,不很高的建筑。上山的小道。我现在明白了,为什么居住在高度现代化的城市的人需要度假。他们需要暂时离开紧张的生活节奏,需要安静,需要清闲。

古华看看大屿山,两次提出疑问:"为什么山上没有大树?"他说:"如果有十棵大松树,不要多,有十棵,就大不一样了!"山上是有树的。台湾相思树,枝叶都很美。只是大树确实是没有。

没有古华家乡的大松树。

也没有北京的大柏树、白皮松。

"所谓故国者非有乔木之谓也"。然而没有乔木,是不成其为故国的。《金瓶梅》潘金莲有言:"南京的沈万山,北京的大树,人的名儿,树的影儿。"至少在明朝的时候,北京的

大树就有了名了。北京有大树,北京才成其为北京。

回北京,下了飞机,坐在"的士"里,与同车作家谈起香港的速度。司机在前面搭话:"北京将来也会有那样的速度的!"他的话不错。北京也是要高度现代化的,会有高速度的。现代化、高速度以后的北京会是什么样子呢?想起那些大树,我就觉得安心了。现代化之后的北京,还会是北京。

* 本篇原载1986年2月23日《光明日报》;初收《蒲桥集》,作家出版社,1989年3月。

灵通麻雀*

闵兆华家有过一只很怪的麻雀。

这只麻雀跌在地上,折了一条腿(大概是小孩子拿弹弓打的),兆华的爱人捡了起来,给它上了一点消炎粉,用纱布裹巴裹巴,麻雀好了。好了,它就不走了。兆华有一顶旧棉帽子,挂在墙上,就成了它的窝。棉帽子里朝外,晚上,它钻进去,兆华的爱人把帽子翻了过来,它就在帽里睡一夜。天亮了,棉帽子往外一翻,它就忒楞楞楞要出来了。兆华家不给它预备鸟食。人吃什么它吃什么。吃饭的时候,它落在兆华爱人的肩上,兆华爱人随时喂它一口。它生了病——发烧,给它吃了一点四环素之类的药,也就好了。它每天就出去玩,但只要兆华爱人在窗口喊一声:"鸟——",它呼的一声就飞回来。

兆华爱人绣花。有时因事走开,麻雀就看着桌上的绣活,谁也不许动。你动一下,它就嗛你!

兆华领回了工资,放在大衣口袋里,麻雀会把钞票一张

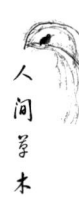

一张地叼出来,送到兆华爱人——它的女主人的面前!

我知道这只麻雀的时候,它已经活了四年多,毛色变得很深,发黑了。

有一位鸟类学专家曾特地到兆华家去看过这只麻雀。他认为有两点不可解:

一、麻雀的寿命一般是两年,这只麻雀怎么能活了四年多呢?

二、鸟类一般是没有思维的。这只麻雀能看绣活,叼钞票,这算什么呢?能够说是思维么?

天地间有许多事情需要作新的探索。

* 本篇原载1986年7月28日《北京晚报》"桥边杂记"专栏;初收《汪曾祺全集》第四卷,北京师范大学出版社,1998年8月。

云南茶花

很多地方在选市花,这是好事。想一想十年大乱时期,公园都成了菜园,现在真是大不相同了。选市花,说明人们有了闲情逸致。人有闲情逸致,说明国运昌隆。

有些市的市民对市花有不同意见,一时定不下来。昆明的市花是不会有争议的。如果市民投票,一定会一致通过:茶花。几十年前昆明就选过一次(那时别的市还没有选举市花之风)。现在再选,还会维持原议。

云南茶花,——滇茶,久负盛名。

张岱《陶庵梦忆·逍遥楼》云:"滇茶故不易得,亦未有老其材八十余年者。朱文懿公逍遥楼滇茶,为陈海樵先生手植,扶疏蓊翳,老而愈茂。诸文孙恐其力不胜葩,岁删其萼盈斛,然所遗落枝头,犹自燔山熠谷焉。"

鲁迅说张岱的文章每多夸张。这一篇看起来也像有些夸张,但并不,而且写得极好,得滇茶之神理。

昆明西山华亭寺有一棵大茶花。走进山门,越过站着四大金刚的门道，一抬头便看见通红的一大片。是得抬头的，因为茶花非常高大。华亭寺大雄宝殿前的石坪是很大的，这棵茶花几乎占了石坪的一小半。花皆如汤碗大，一朵一朵，像烧得炽旺的火球。张岱说滇茶"燔山熠谷"，是一点不错的。据说这棵茶花每年能开三百来朵。满树黑绿肥厚的大叶子衬托着，更显得热闹非常。这才真叫做大红大绿。这样的大红大绿显出一种强壮的生命力。华贵之极，却毫不俗气。这是一个夺人眼目的大景致。如果我的同乡人来看了，一定会大叫一声"乖乖咙的咚！"我不知道寺里的和尚是不是也"岁删其萼盈斛"，但是他们是怕这棵茶花负担不起这样多的大花的，便搭了一个杉木的架子，撑着四围的枝条。昆明茶花到处都有，而华亭寺的这一棵，大概要算最大的。

茶花的好处是花大，色浓，花期长，而树本极能耐久。华亭寺的茶花大概已经不止八十年了。

江西井冈山一带有一个风俗。人家生了孩子，孩子过周岁时，亲戚朋友送礼，礼物上都要放一枝带叶子的油茶。油茶常绿，越冬不凋，而且开了花就结果；茶果未摘，接着就开花。这是取一个吉兆，祝福这孩子活得像油茶一样强健。一个很美的风俗。我不知道油茶和山茶有没有亲属关系，我在思想上是把它们归为一类的。凡茶之类，都很能活。

中国是茶花的故乡。茶花分滇茶、浙茶。浙茶传到日本,又由日本传到美国。现在日本的浙茶比中国的好,美国的比日本的好。只有云南滇茶现在还是世界第一。

前几年,江西山里发现黄茶花,这是国宝。如果栽培成功,是可以换外汇的。

茶花女喜欢戴的是什么茶花?大概不是滇茶,滇茶太大。我想是浙茶。而且无端地觉得,是白的。

一九八六年十月二十日

* 本篇原载《北京文学》1987年第一期"草木闲篇"专栏;初收《蒲桥集》,作家出版社,1989年3月。

紫　薇*

　　唐朝人也不是都能认得紫薇花的。《韵语阳秋》卷第十六："白乐天诗多说别花，如《紫薇花诗》云'除却微之见应爱，世间少有别花人'……今好事之家，有奇花多矣，所谓别花人，未之见也。鲍溶作《仙檀花诗》寄袁德师侍御，有'欲求御史更分别'之句，岂谓是邪？"这里所说的"别"是分辨的意思。白居易是能"别"紫薇花的，他写过至少三首关于紫薇的诗。

　　《韵语阳秋》云：

　　　　白乐天作中书舍人，入直西省，对紫薇花而有咏曰："丝纶阁下文章静，钟鼓楼中刻漏长。独坐黄昏谁是伴，紫薇花对紫薇郎。"后又云："紫薇花对紫薇翁，名目虽同貌不同"，则此花之珍艳可知矣。爪其本则枝叶俱动，俗谓之"不耐痒花"。自五月开至九月尚烂熳，俗又谓之"百日红"。唐人赋咏，未有及此二事者。本朝梅圣俞时注意此花。一诗赠韩子华,则曰"薄肤痒不胜轻爪,嫩干生宜近禁庐";一诗赠王景彝,则曰:"薄薄嫩肤搔鸟爪,离离碎叶剪城霞",然皆著不耐痒事,而未有及百日红者。胡文恭在西掖前亦有三诗,其一云:"雅当翻药地,繁极曝衣天",注云:"花至七夕犹繁",似有百日红之意,可见当时此花之盛。省吏相传,咸平中,李昌武自别墅移植于此。晏元献尝作赋题于省中,所谓"得自羊墅,来从召园,有昔日之绛老,无当时之仲文"是也。

对于年轻的读者,需要作一点解释,"紫薇花对紫薇郎"是什么意思。紫薇花亦作紫微郎,唐代宫名,即中书侍郎。《新唐书·百官志二》注"开元元年,改中书省曰紫微省,中书令曰紫微令。"白居易曾为中书侍郎,故自称紫微郎。中书侍郎是要到宫里值班的,独自坐在办公室里,不免有些寂寞,但是这也不是一般人所能谋得到的差事,诗里又透出几分得意。"紫薇花对紫薇郎",使人觉得有点罗曼蒂克,其实没有。不过你要是有一点罗曼蒂克的联想,也可以。石涛和尚画过一幅紫薇花,题的就是白居易的这首诗。紫薇颜色很娇,画面很美,更易使人产生这是一首情诗的错觉。

从《韵语阳秋》的记载,我们可以知道两件事。一是"爪其本则枝叶俱动"。紫薇的树干的外皮易脱落,露出里面的"嫩肤",嫩肤上留下外皮脱落后留下的一片一片的青色和白色的云斑。用指甲搔搔树干的嫩肤,确实是会枝叶俱动的。宋朝人叫它"不耐痒花",现在很多地方叫它"怕痒痒树"或"痒痒树"。这到底是什么道理,好像没有人解释过。二是花期甚长。这是夏天的花。胡文恭说它"繁极曝衣天",白居易说它"独占芳菲当夏景,不将颜色托春风"。但是它"花至七夕犹繁"。我甚至在飘着小雪的天气,还看见一棵紫薇花依然开着仅有的一穗红花!

我家的后园有一棵紫薇。这棵紫薇有年头了,主干有茶杯口粗,高过屋檐。一到放暑假,它开起花来,真是"繁"得不得了。紫薇花是六瓣的,但是花瓣皱缩,瓣边还有很多不规则的缺刻,所以根本分不清它是几瓣,只是碎碎叨叨的一球,当中还射出许多花须、花蕊。一个枝子上有很多朵花。一棵树上有数不清的枝子。真是乱。乱红成阵。乱成一团。简直像一群幼儿园的孩子放开了又高又脆的小嗓子一起乱嚷嚷。在乱哄哄的繁花之间还有很多赶来凑热闹的黑蜂。这种蜂不是普通的蜜蜂,个儿很大,有指头顶那样大,黑的,就是齐白石爱画的那种。我到现在还叫不出这是什么蜂。这种大黑蜂分量很重。它一落在一朵花上,抱住了花须,这一穗花就叫它压得沉了下来。它起翅飞去,花穗才挣回原处,还得哆嗦两下。

大黑蜂不像马蜂那样会做窠。它们也不像马蜂一样的群居,是单个生活的。在人家房檐的椽子下面钻一个圆洞,这就是它的家。我常常看见一个大黑蜂飞回来了,一收翅膀,钻进圆洞,就赶紧用一根细细的帐竿竹子捅进圆洞,来回地拧,它就在洞里嗯嗯地叫。我把竹竿一拔,啪地一声,它就掉到了地上。我赶紧把它捉起来,放进一个玻璃瓶里,盖上盖——瓶盖上用洋钉凿了几个窟窿。瓶子里塞了好些紫薇花。大黑蜂没有受伤,它只是摔晕过去了。过了一会,它缓醒过来了,就在花瓣之间乱爬。大黑蜂生命力很强,能活几天。我老幻想它能在瓶里呆熟了,放它出去,它再飞回来。可是不知什么时候,它仰面朝天,死了。

紫薇原产于中国中部和南部。白居易诗云"浔阳官舍双高树,兴善僧庭一大丛,何似苏州安置处,花堂栏下月明中",这些都是偏南的地方。但是北方很早就有了,如长安。北京过去也有,但很少(北京人多不识紫薇)。近年北京大量种植,到处都是。街心花园几乎都有。选择这种花木来美化城市环境是很有道理的,因为它花繁盛,颜色多(多为胭脂红,也有紫色和白色的),花期长。但是似乎生长得很慢。密云水库大坝下的通道两侧,隔不远就有一棵紫薇。我每年夏天要到密云开一次会,年年到坝下散步,都看

到这些紫薇。看了四年,它们好像还是那样大。

比起北京雨后春笋一样耸立起来的高楼,北京的花木的生长就显得更慢。因此,对花木要倍加爱惜。

一九八七年二月廿一日

* 本篇原载《作家》1987年第六期;初收《蒲桥集》作家出版社,1989年3月。

腊 梅 花[*]

"雪花、冰花、腊梅花……"我的小孙女这一阵老是唱这首儿歌。其实她没有见过真的腊梅花,只是从我画的画上见过。

周紫芝《竹坡诗话》云:"东南之有腊梅,盖自近时始。余为儿童时,犹未之见。元祐间,鲁直诸公方有诗,前此未尝有赋此诗者。政和间,李端叔在姑豁,元夕见之僧舍中,尝作两绝,其后篇云:'程氏园当尺五天,千金争赏凭朱栏。莫因今日家家有,便作寻常两等看。'观端叔此诗,可以知前日之未尝有也。"看他的意思,腊梅是从北方传到南方去的。但是据我的印象,现在倒是南方多,北方少见,尤其难见到长成大树的。我在颐和园藻鉴堂见过一棵,种在大花盆里,放在楼梯拐角处。因为不是开花的时候,绿叶披纷没有人注意。和我一起住在藻鉴堂的几个搞剧本的同志,都不认识这是什么。

我的家乡有腊梅花的人家不少。我家的后园有四棵很

大的腊梅。这四棵腊梅,从我记事的时候,就已经是那样大了。很可能是我的曾祖父在世的时候种的。这样大的腊梅,我以后在别处没有见过。主干有汤碗口粗细,并排种在一个砖砌的花台上。这四棵腊梅的花心是紫褐色的,按说这是名种,即所谓"檀心磬口"。腊梅有两种,一种是檀心的,一种是白心的。我的家乡偏重白心的,美其名曰"冰心腊梅",而将檀心的贬为"狗心腊梅"。腊梅和狗有什么关系呢?真是毫无道理!因为它是狗心的,我们也就不大看得起它。

不过凭良心说,腊梅是很好看的。其特点是花极多——这也是我们不太珍惜它的原因。物稀则贵,这样多的花,就没有什么稀罕了。每个枝条上都是花,无一空枝。而且长得很密,一朵挨着一朵,挤成了一串。这样大的四棵大腊梅,满树繁花,黄灿灿的吐向冬日的晴空,那样的热热闹闹,而又那样的安安静静,实在是一个不寻常的境界。不过我们已经司空见惯,每年都有一回。

每年腊月,我们都要折腊梅花。上树是我的事。腊梅木质疏松,枝条脆弱,上树是有点危险的。不过腊梅多枝杈,便于登踏,而且我年幼身轻,正是"一日上树能三回"的时候,从来也没有掉下来过。我的姐姐在下面指点着:"这枝,这枝!——哎,对了,对了!"我们要的是横斜旁出的几枝,这样的不蠢;要的是几朵半开,多数是骨朵的,这样可以在瓷瓶里养好几天——如果是全开的,几天就谢了。

下雪了,过年了。大年初一,我早早就起来,到后园选摘几枝全是骨朵的腊梅,把骨朵都剥下来,用极细的铜丝——这种铜丝是穿珠花用的,就叫做"花丝",把这些骨朵穿成插鬓的花。我们县北门的城门口有一家穿珠花的铺子,我放学回家路过,总要钻进去看几个女工怎样穿珠花,我就用她们的办法穿成各式各样的腊梅珠花。我在这些腊梅珠子花当中嵌了几粒天竺果——我家后园的一角有一棵天竺。黄腊梅、红天竺,我到现在还很得意:那是真很好看的。我把这些腊梅珠花送给我的祖母,送给大伯母,送给我的继母。她们梳了头,就插戴起来。然后,互相拜年。我应该当一个工艺美术师的,写什么屁小说!

一九八七年二月十八日

* 本篇原载《作家》1987年第六期;初收《蒲桥集》,作家出版社,1989年3月。

熬鹰·逮獾子*

北京人骂晚上老耗着不睡的人："你熬鹰哪！"北京过去有养活鹰的。养鹰为了抓兔子。养鹰，先得去掉它的野性。其法是：让鹰饿几天，不喂它食；然后用带筋的牛肉在油里炸了，外用细麻线缚紧；鹰饿极了，见到牛肉，一口就吞了；油炸过的牛肉哪能消化呀，外面还有一截细麻线哪；把麻线一拽，牛肉又拽出来了，还拽出了鹰肚里的黄油；这样吞几次，拽几次，把鹰肚里的黄油都拉干净了，鹰的野性就去了。鹰得熬。熬，就是不让它睡觉。把鹰架在胳臂上，鹰刚一迷糊，一闭眼，就把胳臂猛然一抬，鹰又醒了。熬鹰得两三个人轮流熬，一个人丁不住。干嘛要熬？鹰想睡，不让睡，它就变得非常烦躁，这样它才肯逮兔子。吃得饱饱的，睡得好好的，浑身舒舒服服的，它懒得动弹。架鹰出猎，还得给鹰套上一顶小帽子，把眼遮住。到了郊外，一摘鹰帽，鹰眼前忽然一亮，全身怒气不打一处来，一翅腾空，看见兔子的影儿，眼疾爪利，一爪子就把兔子叼住了。

北京过去还有逮獾子的。逮獾子用狗。一般的狗不行,得找大饭庄养的肥狗。有那种人,专门偷大饭庄的狗,卖给逮獾子的主。狗,先得治治它,把它的尾巴给擀了。把狗捆在一条长板凳上,用擀面杖把尾巴使劲一擀,只听见咯巴咯巴咯巴……狗尾巴的骨节都折了。瞧这狗,屎、尿都下来了。疼啊! 干嘛要把尾巴擀了? 狗尾巴老摇,到了草窝里,尾巴一摇,树枝草叶窸窸地响,獾子就跑了。尾巴擀了,就只能耷拉着了,不摇了。

你说人有多坏,怎么就想出了这些个整治动物的法子!

逮住獾子了,就到处去喝茶。有几个起哄架秧子,傍吃傍喝的帮闲食客"傍"着,提搂着獾子,往茶桌上一放。旁人一瞧:"喝,逮住獾子啦!"露脸! 多会等九城的茶馆都坐遍了,脸露足了,獾子也臭了,才再想什么新鲜的玩法。

熬鹰、逮獾子,这都是八旗子弟、阔公子哥儿的"乐儿"。穷人家谁玩得起这个! 不过这也是一种文化。

獾油治烧伤有奇效。现在不好淘换了。

三月十三日

* 本篇原载1987年6月8日香港《大公报》;初收《蒲桥集》,作家出版社,1989年3月。

滇南草木状*

尤加利树

尤加利树北方没有。四十六年前到昆明始识此树。树叶厚重,风吹作金石声。在屋里静坐读书,听着哗啦哗啦的声音,会忽然想起:这是昆明。说不上是乡愁,只是有点觉得此身如寄。因此对尤加利树颇有感情。

尤加利树木理旋拧,有一个特殊的用途,作枕木,经得起震,不易裂。现在枕木大都改成钢或水泥制造的了,这种树就不那么受到重视了。树叶提汁,可制糖果,即桉叶糖。爱吃桉叶糖的人也不是很多。

连云宾馆门内有一棵大尤加利树,粗可合抱,少见。

叶 子 花

昆明叶子花多,楚雄更多。龙江公园到处都是叶子花。这座公园是新建的,建筑物的墙壁栏杆的水泥都发干净的灰白色,叶子花的紫颜色更把公园衬托得十分明朗爽洁。芒市宾馆一丛叶子花攀附在一棵大树上。树有四丈高,花一直开到树顶。

叶子花的紫,紫得很特别,不像丁香,不像紫藤,也不像玫瑰。它就是它自己那样的一种紫。

叶子花夏天开花。但在我的印象里,它好像一年到头都开,老开着,没有见它枯萎凋谢过。大概它自己觉得不过是叶子,就随便开开吧。

叶子花不名贵,但不讨厌。

马 缨 花

走进龙江公园,我对市文联的同志说:"楚雄如果选市花,可以选叶子花。"文联的同志说:"彝族有自己的花,——马缨花。"马缨花?马缨花即合欢,北方多得很。"这是杜鹃科,杜鹃的一种。"那么这不是合欢。走进开座谈会的会议室，桌上摆了一盆很大的花，我问："这是不是马缨花？"——"是的，是的。"名不虚传！这株马缨花干粗如酒杯口，横卧而出，矫矢如龙，似欲冲盆飞去。叶略似杜鹃而长，一丛一丛的，相抱如莲花瓣。周围的叶子深绿色，中心则为嫩绿。干端叶较密集，绿叶中开出一簇火红的花。花有点像杜鹃，但花瓣较坚厚，不像杜鹃那样的薄命相。花真是红。这是正红，大红。彝族人叫它马缨花是有道理的。云南的马缨不是麻丝攒成的，而是用一方红布扎成一个绣球。马缨不是缀在马的颈下，而是结在马的前额，如果是白马或黑马，老远就看得见，非常显眼。额头有马缨的马，多半是马帮里的头马。把这种花叫做马缨花，神似。马缨花大红大绿，颜色华贵，而姿态又颇奔放，于端庄中透出粗野，真是难得！

车行在高黎贡山中，公路两边的丛岭中，密林深处，时时可以看到一树通红通红的马缨花。

令　箭

云南人爱种花。楚雄街上两边楼房的栏杆上摆得满满的花，各色各样，令箭尤其多。令箭北方常见，但不如楚雄的开花开得多。北方令箭，开十几朵就算不错，楚雄的令箭一盆开花上百朵。一片叶子上密密匝匝地涨出了好多骨朵，大概都有三十几个,真不得了! 滇南草木,得天独厚,没有话说。

一 品 红

北京的一品红是栽在盆里的,高二三尺。芒市、盈江的一品红长成一人多高的树,绿叶少而红叶多,这也未免太过分了!

兰

云南兰花品类极多。盈江县招待所庭中有一棵香樟树,树丫里寄生的兰花就有四种。这都是热带兰花。有一种是我认得的,虎头兰。花大,浅黄色。有一舌,色白,舌端有紫色斑点。其余三种都未见过。一种开白花,一种开浅绿花。另一种开淡银红色的花,花瓣近似剪秋罗,很长的一串,除了有兰花一样的长叶子披下来,真很难说这是兰花。

兰中最贵重的是素心兰。大理街上有一家门前放了两盆素心兰,旁贴一纸签:"出售"。一看标价:二百。大理是素心兰的产地,本地昂贵如此,运到外地,可想而知。素心兰种在高高的泥盆里。盆腹鼓起,如一小坛。

在保山,有人要送我一盆虎头兰。怎么带呢?

茶　花

茶花已经开过了。遗憾。

闻丽江有一棵茶花王,每年开花万朵,号称"万朵茶花",——当然这是累计的,一次开不了那样多。不过这也是奇迹了。有人告诉过我,茶花最多只能开三百朵。

大　青　树

大青树不成材,连烧火都不燃,故能不遭斤斧,保其天年,唯堪与过往行人遮阴,此不材之材。滇南大青树多"一树成林"。

紫　薇

紫薇我没有见过很大的。昆明金殿两边各有一棵紫薇,树上挂一木牌,写明是"明代紫薇",似可信。树干近根部已经老得不成样子,疙瘩流秋。梢头枝叶犹繁茂,开花时,必有可观。用手指搔搔它的树干,无反应。它已经那么老了,不再怕痒痒了。

一九八七年五月十一日

* 本篇原载《滇池》1987年第八期;初收《蒲桥集》,作家出版社,1989年3月。

夏天的昆虫*

蝈 蝈

蝈蝈我们那里叫做"叫蛐子"。因为它长得粗壮结实,样子也不大好看,还特别在前面加一个"侉"字,叫做"侉叫蛐子"。这东西就是会呱呱的叫。有时嫌它叫得太吵人了,在它的笼子上拍一下,它就大叫一声:"呱!——"停止了。它什么都吃。据说吃了辣椒更爱叫,我就挑顶辣的辣椒喂它。早晨,掐了南瓜花(谎花)喂它,只是取其好看而已。这东西是咬人的。有时捏住笼子,它会从竹篾的洞里咬你的指头肚子一口!

别有一种秋叫蛐子,较晚出,体小,通身碧绿如玻璃料,叫声轻脆。秋叫蛐子养在牛角做的圆盒中,顶面有一块玻璃。我能自己做这种牛角盒子,要紧的是弄出一块大小合适的圆玻璃。把玻璃放在水盒里,用剪子剪,则不碎裂。秋叫蛐子价钱比侉叫蛐子贵得多。养好了,可以越冬。

叫蛐子是可以吃的。得是三尾的,腹大多子。扔在枯树枝火中,一会就熟了。味极似虾。

蝉

蝉大别有三类。一种是"海溜",最大,色黑,叫声宏亮。这是蝉里的楚霸王,生命力很强。我曾捉了一只,养在一个断了发条的旧座钟里,活了好多天。一种是"嘟溜",体较小,绿色而有点银光,样子最好看,叫声也好听:"嘟溜——嘟溜——嘟溜"。一种叫"叽溜",最小,暗赭色,也是因其叫声而得名。

蝉喜欢栖息在柳树上。古人常画"高柳鸣蝉",是有道理的。

北京的孩子捉蝉用粘竿,——竹竿头上涂了粘胶。我们小时候则用蜘蛛网。选一根结实的长芦苇,一头撅成三角形,用线缚住,看见有大蜘蛛网就一绞,三角里络满了蜘蛛网,很粘。瞅准了一只蝉,轻轻一捂,蝉的翅膀就被粘住了。

佝偻丈人承蜩,不知道用的是什么工具。

蜻 蜓

家乡的蜻蜓有三种。

一种极大，头胸浓绿色，腹部有黑色的环纹，尾部两侧有革质的小圆片，叫做"绿豆钢"。这家伙利害得很，飞时巨大的翅膀磨得嚓嚓地响。或捉之置室内，它会对着窗玻璃猛撞。

一种即常见的蜻蜓，有灰蓝色和绿色的。蜻蜓的眼睛很尖，但到黄昏后眼力就有点不济。他们栖息着不动，从后面轻轻伸手，一捏就能捏住。玩蜻蜓有一种恶作剧的玩法：掐一根狗尾巴草，把草茎插进蜻蜓的屁股，一撒手，蜻蜓就带着狗尾草的穗子飞了。

一种是红蜻蜓。不知道什么道理，说这是灶王爷的马。

另有一种纯黑的蜻蜓，身上，翅膀都是深黑色，我们叫它鬼蜻蜓，因为它有点鬼气。也叫"寡妇"。

刀 螂

刀螂即螳螂。螳螂是很好看的。螳螂的头可以四面转动。螳螂翅膀嫩绿，颜色和脉纹都很美。昆虫翅膀好看的，为螳螂，为纺织娘。

或问：你写这些昆虫什么意思？答曰：我只是希望现在的孩子也能玩玩这些昆虫，对自然发生兴趣。现在的孩子大都只在电子玩具包围中长大,未必是好事。

* 本篇原载《北京文学》1987年第九期"草木闲篇"专栏;初收《蒲桥集》,作家出版社,1989年3月。

美 国 短 简*

美 国 旗

美国人很爱插国旗。爱荷华市不少人家门外的草地上立着一根不高的旗杆,上面是一面星条旗。人家关着门,星条旗安安静静的,轻轻地飘动着。应该说这也表现了一点爱国情绪,但更多的似是当作装饰。国旗每天都可以挂,不像中国要到五一、十一才挂,显得过于隆重。大抵中国人对于国旗有一种崇拜心理,美国人则更多的是亲切。美国可以把星条图案印在体操女运动员的紧身露腿的运动衣上,这在中国大概不行,一定会有人认为这是对于国旗的亵渎。

美国各州都有州旗,州旗大都是白地子,上面画(印)了花里胡哨的图案,照中国人看,简直是儿童趣味。国旗、州旗升在州政府的金色圆顶的旗杆上,国旗在上,州旗在下。——美国州政府的建筑大都是一个金色的圆顶,上面矗立着旗杆。衣阿华州治已经移到邻近一个市,但爱荷华市还保留着老州政府,每天也都升旗。爱荷华市有一个人死了,那天就要下半旗,不论死的是什么人,一视同仁,不像中国要死了大人物才下半旗。这一点看出美国和中国的价值观念很不一样。别的州、市有没有这样的风俗,就不知道了。

夜光马杆

美国也有马杆。我在爱荷华街头看到一个盲人。是个年轻人,穿得很干净,白运动衫裤,白运动鞋。步履轻松,走得和平常人一样的快。他手执一根马杆探路。这根马杆是铝制的,很轻便,样子也很好看。马杆着地的一端有一个小轮子。马杆左右移动,轮子灵活地转动着。马杆不离地面,不像中国盲人的竹马杆,得不停地戳戳戳戳点在地上。因此,这个青年给人的印象是很健康,不像中国盲人总让人觉得有些悲惨。后来我又看到一个岁数大的盲人,用的也是这种马杆。据台湾诗人蒋勋告诉我,这种马杆是夜光的,——夜晚发光。这样在黑地里走,别人会给盲人让路。这种马杆,中国似可引进,造价我想不会很贵。

美国对残疾人是很尊重的。到处是画了白色简笔轮椅图案的蓝色的长方形的牌子。有这种蓝牌子的门,是专供残疾人进出的;有这种蓝牌子的停车场,非残疾人停车,要罚款。很多有台阶的商店,都在台阶边另铺设了一道斜坡,供残疾人的轮椅上下。爱荷华大学有专供残疾人连同轮椅上楼下楼的铁笼子。街上常见到残疾人,他们的神态都很开朗,毫不压抑。博物馆里总有一些残疾人坐着轮椅,悠然地观赏伦布朗的画,亨利·摩尔的雕塑。

中国近年也颇重视对残疾人的工作。但我觉得中国人对残疾人的态度总带有怜悯色彩,"恻隐之心"。这跟儒家思想有些关系。美国人对残疾人则是尊重。这是不同的态度。怜悯在某种意义上是侮辱。

花 草 树

美国真花像假花,假花像真花。看见一丛花,常常要用手摸摸叶子,才能断定是真花,是假花。旅美多年的美籍华人也是这样,摸摸,凭手感,说是"真的!真的!"美国人家大都种花。美国的私人住宅是没有围墙的,一家一家也不挨着,彼此有一段距离,门外有空地,空地多栽花。常见的是黄色的延寿菊。美国的延寿菊和中国的没两样。还有一种通红的,不知是什么花。我在诗人桑德堡故居外小花圃中发现两棵凤仙花,觉得很亲切,问一位美国女士:"这是什么花?"她不知道。美国人家种花大都是随便撒一点花籽,不甚设计。有一种设计则不敢领教:在草地上划出一个正圆的圆圈,沿着圆圈等距离地栽了一撮一撮鲜艳的花。这种布置实在是滑稽。美国人家室内大都有绿色植物,如中国的天门冬、吊兰之类,栽在一个锃亮的黄铜的半球里,挂着。这种趣味我也不敢领教。美国人家多插花,常见的是菊花,短瓣,紫红的、白的。我在美国没有见过管瓣、卷瓣、长瓣的菊花。即使有,也不会有"麒麟角"、"狮子头"、"懒梳妆"之类的名目。美国人插花只是取其多,有颜色,一大把,插在一个玻璃瓶子里。美国人不懂中国插花讲究姿态,要高低映照,欹侧横斜,瓶和花要相称。美国静物画里的花也是这样,乱烘烘的一瓶。美国人不会理解中国画的折枝花卉。美国画里没有墨竹,没有兰草。中国各项艺术都与书法相通。要一个美国人学会欣赏王献之的"鸭头丸帖",是永远办不到的。美国也有荷花,但未见入画,美国人不会用宣纸、毛笔、水墨。即便画,也绝不可能有石涛、八大那样的效果。有荷花,当然有莲蓬。美国人大概不会吃冰糖莲子。他们让莲蓬结老了,晒得干干的,插瓶,这倒也别致,大概他们认为这种东西形状很怪,有的人家插的莲蓬是染得通红的,这简直是恶作剧,不敢领教!美国人用芦花插瓶,

这颇可取。在德国移民村阿玛纳看见一个铺子里有芦花卖,50美分一把。

美国年轻,树也年轻。自爱荷华至斯泼凌菲尔德高速公路两旁的树看起来像灌木。阿玛纳有一棵橡树,大概是当初移民来的德国人种的,有上百年的历史了,用木栅围着,是罕见的老树了。像北京中山公园、天坛那样的五百年以上的柏树,是找不出来的。美国多阔叶树,少针叶树。最常见的是橡树。松树也有,少。林肯墓前、马克·吐温家乡有几棵松树。美国松树也像美国人一样,非常健康,很高,很直,很绿。美国没有苏州"清、奇、古、怪"那样松树,没有黄山松,没有泰山的五大夫松。中国松树多姿态,这种姿态往往是灾难造成的,风、雪、雷、火。松之奇者,大都伤痕累累。中国松是中国的历史,中国的文化和中国人的性格所形成的。中国松是按照中国画的样子长起来的。

美国草和中国草差不多。狗尾巴草的穗子比中国的小,颜色发红。"五月花"公寓对面有一片很大的草地。蒲公英吐絮时,如一片银色的薄雾。羊胡子草之间长了很多草苜蓿。这种草的嫩头是可以炒了吃的,上海人叫做"草头"或"金花菜",多放油,武火急炒,少滴一点高粱酒,很好吃。美国人不知道这能吃。知道了,也没用,美国人不会炒菜。

Graffiti

这是一个意大利字,意思是在墙上乱画。台湾翻成"涂鸦",我看不如干脆翻成"鬼画符"。纽约,芝加哥,很多城市地下铁的墙上,比较破旧的建筑物的墙上、桥洞里,画得一塌胡涂。这是青少年干的。他们不是用笔画,而是用喷枪喷,嗞——一会儿就喷一大片。照美国的法律,这不犯法,无法禁止。有一些,有一点意思。我在爱荷华大学附近的桥下,看到:"中央情报局=谋杀",这可以说是一条政治标语。有的是一些字母,不知是什么意思。还有些则是莫名其妙的圆圈、曲线、弧线。为什么美国的青少年要干这种事呢?——据说他们还有一个松散的组织,类似协会什么的。听说美国有心理学家专门研究这问题,大体认为这是青少年对现状不满的表现。这样到处乱画,我觉得总不大好,希望中国不发生这种事。

怀 旧

正因为美国历史短,美国人特别爱怀旧。

爱荷华市的河边有一家饭馆,菜很好,星期天的自助餐尤其好，有多种沙拉、水果，各种味道调料。这原是一个老机器厂，停业了，饭馆老板买了下来，不加改造，房顶、墙壁上保留了漆成暗红色的拐来拐去的粗大的铁管道，很粗的铁链。顾客就在这样的环境里，临窗而坐，喝加了苏打的金酒，吃烤牛肉，炸土豆条，觉得别有情调。

阿玛纳原来是一个德国移民村。据说这个村原来是保留老的生活习惯的：不用汽车，用马车。现在不得不改变了，村里办了很大的制冷机厂和微波炉厂。不过因为曾是古村，每逢假日，还是有不少人来参观。"古"在哪里呢？不大看得出来。我们在一个饭店吃饭，饭店门外悬着一副牛轭，作为标志，唔，这有点古。饭店的墙上挂着一排长长短短的老式的木匠工具，也许这原是一个木匠作坊。这也古。点的灯是有玻璃罩子煤油灯。我问接待我们的小姐："这是煤油灯？"她笑了："假的。"是做成煤油灯状的电灯。这位小姐不是德国血统，祖上是英国人，一听她的姓就不禁叫人肃然起敬：莎士比亚。她承认是莎士比亚的后代。她和我聊了几句，不知道为什么说起她不打算结婚，认为女人结婚不好。这是不是也是古风？阿玛纳有一个博物馆，陈列着当年的摇床、木椅。有一个"文物店"。卖的东西的"年份"都是百年以内的，但标价颇昂，一个祖母用过的极其一般的铜碟子，50美金。这样的村子在中国到处都可以找得出来,这样的"文物"嘛,中国的废品收购站里多的是。阿玛纳卖"农民"自酿的葡萄酒,有好几家。买酒之前每种可以尝一小杯。我尝了两三杯,没有买,因为我对葡萄酒实在是外行,喝不出所以然。

江·迪尔是一家很现代化的大农机厂,厂部大楼是有名的建筑,全都用钢材和玻璃建成,利用钢材的天然锈色和透亮的玻璃的对比造成极稳定坚实而又明净疏朗的效果。在一口小湖的中心小岛上安置了亨利·摩尔的青铜的抽象化的雕塑。但是在另一侧,完好地保存了曾祖父老迪尔的作坊。这是江·迪尔厂史的第一页。

全美保险公司是一个很大的企业。我们参观了衣阿华州的分公司。大办公室上百张桌子,每个桌上一架电脑。这家公司收藏了很多现代艺术作品,接待室里,走廊上,到处都是。每个单人办公的小办公室里也有好几件抽象派的绘画和雕塑。我很奇怪:这家公司的经理这样喜欢现代艺术?后来知道,原来美国政府有规定,凡企业购买当代艺术作品的,所付的钱可于应付税款中扣除,免缴一部分税。那么,这些艺术品等于是白得的。用企业养艺术,这政策不错!

上午参观了一个现代化的大公司,看了数不清的现代派的艺术作品,下午参观了一个截然不同的地方:"活历史农庄"。这里保持着一百年前的样子。我们坐了用老式拖

拉机拉着的有几排座位的大车逛了一圈,看了原来印第安人住的小窝棚,在橡树林里的坎坷起伏的小路上钻了半天。有一家打铁的作坊,一位铁匠在打铁。他这打铁完全是表演,烧烟煤碎块,拉着皮老虎似的老式风箱。有一家杂货店,卖的都是旧货。一个店主用老式的办法介绍一些货品的特点,口若悬河。他介绍的货品中竟有一件是中国的笙。他介绍得很准确:"这是一件中国的乐器,叫做'笙'。"这家杂货店卖一百年前美国人戴的黑色的粗呢帽(是新制的),卖本地传统制法的果子露饮料。

我们各处转了一圈,回来看看那位铁匠,他已经用熟铁打出了一件艺术品,一条可以插蜡烛的小蛇,头在下,尾在上,蛇身盘扭。

参观了林肯年轻时居住过的镇。这个镇尽量保持当年模样。土路、木屋。林肯旧居犹在,他曾经在那里工作过的邮局也在。有一个老妈妈在光线很不充足的木屋里用不同颜色的碎布拼缀一条百衲被。一个师傅在露地里用棉线心醮蜡烛,一排一排晾在木架上(这种蜡烛北京现在还有,叫做"洋蜡")。林肯故居檐下有一位很肥白壮硕的少妇在编篮子。她穿着林肯时代的白色衣裙,赤着林肯时代的大白脚,一边编篮子,一边与过路人应答。老妈妈、蜡烛师傅、赤着白脚的壮硕妇人,当然都是演员。他们是领工资的。白天在这里表演，下班驾车回家，吃饭，喝可口可乐，看电视。

公　园

美国的公园和中国的公园完全不同，这是两个概念。美国公园只是一大片草地，很多树，不像北京的北海公园、中山公园、颐和园，也不像苏州园林。没有亭台楼阁，回廊幽径，曲沿流泉，兰畦药圃。中国的造园讲究隔断、曲折、借景，在不大的天地中布置成各种情趣的小环境，美国公园没有这一套，一览无余。我在美国没有见过假山，没有扬州平山堂那样人造削壁似的假山，也没有苏州狮子林那样人造峰峦似的假山。美国人不懂欣赏石头。对美国人讲石头要瘦、绉、透，他一定莫名其妙。颐和园一进门的两块高大而玲珑的太湖石，花很多银子从米万锺的勺园移来的一块横卧的大石头，以及开封相国寺传为艮岳遗石的石头，美国人都绝不会对之下拜。美国有风景画，但没有中国的"山水画"。公园，在中国是供人休息、漫步、啜茗、闲谈、沉思、觅句的地方。美国人在公园里扔橄榄球、掷飞碟，男人脱了上衣、女人穿了比基尼晒太阳。美国公园大都有一些铁架子，是供野餐的人烤肉用的。

---

* 本篇原载《上海文学》1988年第八期；初收《蒲桥集》，作家出版社，1989年3月。

野鸭子是候鸟吗?*

——美国家书

爱荷华河里常年有不少野鸭子,游来游去,自在得很。听在这个城市里住了二十多年的老住户说,这些野鸭子原来也是候鸟,冬天要飞走的(爱荷华气候跟北京差不多,冬天也颇冷,下大雪),近二三年,它们不走了,因为吃得太好了。你拿面包扔在它们的身上,它们都不屑一顾。到冬天,爱荷华大学的学生用棉花给它们在大树下絮了窝,它们就很舒服地躲在里面。它们不但是"寓公",简直像要永久定居了。动物的生活习性也是可以改变的。这些野鸭都长得极肥大,看起来和家鸭差不多。

在美国,汽车压死一只野鸭子是要罚钱的。高速公路上有一只野鸭子,汽车就得停下来,等它不慌不忙地横穿过去。

诗人保罗·安格尔的家(他家的门上钉了一块铜牌,下面一行是安格尔的姓,上面一行是两个隶书的中国字"安寓",这一定是夫人聂华苓的主意)在一个小山坡上,下面即是公路。由公路到安寓也就是二百米。他家后面有一小块略为倾斜的空地。每天都有一些浣熊来拜访。给这些浣熊投放面包,成了安格尔的日课。安格尔七十九岁生日,我写了一首打油诗送给他,中有句云:

> 心闲如静水,
> 无事亦匆匆。
> 弯腰拾山果,
> 投食食浣熊。

聂华苓说:"他就是这样,一天为这样的事忙忙叨叨。"浣熊有点像小熊猫,尾巴有节,但较短,颜色则有点像大熊猫,黑白相间,胖乎乎的,样子很滑稽。它们用前爪捧着面包片,忙忙地嚼啮,有时停下来,向屋里看两眼。我们和它们只隔了一扇安了玻璃的门,真是近在咫尺。除了浣熊,还有鹿。有时三只,四只,多的时候会有七只。安格尔喂它们玉米粒,它们的"餐厅"地势较浣熊的略高,玉米粒均匀地撒在草地上。一般情况下,它们大都在下午光临。隔着窗户,可以静静地看它们半天。它们吃玉米粒,安格尔和我喝"波尔本",彼此相安无事。离开汽车不断奔驰的公路只有两百米的地方有浣熊,有鹿,这在中国是不可想象的事。乌热尔图①曾和安格尔开玩笑,说:"我要是有一支枪,就可以打下一只鹿",安格尔说:"你拿枪打它,我就拿枪打你!"

美国的动物不知道怕人。我在爱荷华大学校园里看见一只野兔悠闲地穿过花圃,旁若无人。它不时还要停下来,四边看看。它是在看风景,不是看有没有"敌情"。

在斯勃凌菲尔德的林肯故居前草地看见一只松鼠走过。我在中国看到的松鼠总是窜来窜去,惊惊慌慌,随时作逃走的准备,像这样在平地上"走"着的松鼠,还是头一次见到。

白宫前面草坪上有很多松鼠,有人用面包喂它们,松鼠即于人的手掌中就食,自来自去,对人了无猜疑。

在保护动物这一点上,我觉得美国人比咱们文明。他们是绝对不会用枪打死白天鹅的。

一九八八年十一月七日

*本篇原载1988年11月20日《经济日报》;初收《汪曾祺全集》第四卷,北京师范大学出版社,1998年8月。

① 乌热尔图,我国鄂温克族小说家。

人间草木

淡淡秋光*

秋葵·凤仙花·秋海棠

秋葵叶似鸡脚,又名鸡脚葵、鸡爪葵。花淡黄色,淡若无质。花瓣内侧近蒂处有檀色晕斑。花心浅白,柱头深紫。秋葵不是名花,然而风致楚楚。古人诗说秋葵似女道士,我觉得很像,虽然我从未见过一个女道士。

凤仙花有单瓣、复瓣。单瓣者多为水红色。复瓣者为深红、浅红、白色。复瓣者花似小牡丹,只是看不见花蕊。花谢,结小房如玉搔头。凤仙花极易活,子熟,花房裂破,子实落在泥土、砖缝里,第二年就会长出一棵一棵的凤仙花,不烦栽种。凤仙花可染指甲。凤仙花捣烂,少加矾,用花叶包于指尖,历一夜,第二天指甲就成了浅浅的红颜色。北京人即谓凤仙为"指甲花"。现在大概没有用凤仙花染指甲的了,除非偏远山区的女孩子。

我们那里的秋海棠只有一种,矮矮的草本,开浅红色四瓣的花,中缀黄色的花蕊如小绒球。像北京的银星海棠那样硬杆、大叶、繁花的品种是没有的。

我母亲生肺病后(那年我才三岁)移居在一小屋中,与家人隔离。她死后,这间小屋就成了堆放她生前所用家具什物的贮藏室。有时需要取用一件什么东西,我的继母就打开这间小屋,我也跟着进去看过。这间小屋外面有一小天井,靠墙有一个秋叶形的小花坛。花坛里开着一丛秋海棠。也没有人管它,它自开自落。我母亲没有给我留下什么记忆。我记得的只有两件事。一件是我父亲陪母亲乘船到淮安去就医,把我带在身边。船篷里挂了好些船家自腌的大头菜(盐腌的,白色,有点像南浔大头菜,不像云南的"黑芥"),我一直记着这大头菜的气味。另一件便是这丛秋海棠。我记住这丛秋海棠的时候,我母亲去世已经有两三年了。我并没有感伤情绪,不过看见这丛秋海棠,总会想到母亲去世前是住在这里的。

香橼·木瓜·佛手

我家的"花园"里实在没有多少花。花园里有一座"土山"。这"土山"不知是怎么形成的,是一座长长的隆起的土丘。"山"上只有一棵龙爪槐,旁枝横出,可以倚卧。我常常带了一块带筋的酱牛肉或一块榨菜,半躺在横枝上看小说,读唐诗。"山"的东麓有两棵碧桃,一红一白,春末开花极繁盛。"山"的正面却种了四棵香橼。我不知道我的祖父在开园堆山时为什么要栽了这样几棵树。这玩意就是"橘逾淮南则为枳"的枳(其实这是不对的,橘与枳自是两种)。这是很结实的树。木质坚硬,树皮紧细光滑。叶片经冬不凋,深绿色。树枝有硬刺。春天开白色的花。花后结圆球形的果,秋后成熟。香橼不能吃,瓤极酸涩,很香,不过香得不好闻。凡花果之属有香气者,总要带点甜味才好,香橼的香气里却带有苦味。香橼很肯结,树上累累的都是深绿色的果子。香橼算是我家的"特产",可以摘了送人。但似乎不受欢迎。没有什么用处,只好听它自己碧绿地垂在枝头。到了冬天,皮色变黄了,放在盘子里,摆在水仙花旁边,也还有点意思,其时已近春节了。总之,香橼不是什么佳果。

香橼皮晒干,切片,就是中药里的枳壳。

花园里有一棵木瓜,不过不大结。我们所玩的木瓜都是从水果摊上买来的。所谓"玩",就是放在衣口袋里,不时取出来,凑在鼻子跟前闻闻。——那得是较小的,没有人在口袋里揣一个茶叶罐大小的木瓜的。木瓜香味很好闻。屋子里放几个木瓜,一屋子随时都是香的,使人心情恬静。

我们那里木瓜是不吃的。这东西那么硬,怎么吃呢?华南切为小薄片,制为蜜饯。——厦门人是什么都可以做蜜饯的,加了很多味道奇怪的药料。昆明水果店将木瓜切为大片,泡在大玻璃缸里。有人要买,随时用筷子夹出两片。很嫩,很脆,很香。泡木瓜的水里不知加了什么,否则这木头一样的瓜怎么会变得如此脆嫩呢?中国人从前是吃木瓜的。《东京梦华录》载"木瓜水",这大概是一种饮料。

佛手的香味也很好。不过我真不知道一个水果为什么要长得这么奇形怪状!佛手颜色嫩黄可爱。《红楼梦》贾母提到一个蜜腊佛手,蜜腊雕为佛手,颜色、质感都近似,设计这件摆设的工匠是个聪明人。蜜腊不是很珍贵的玉料,但是能够雕成一个佛手那样大的蜜腊却少见,贾府真是富贵人家。

佛手、木瓜皆可泡酒。佛手曲微有黄色,木瓜酒却是红色的。

橡 栗

橡栗即"狙公赋芧"的芧,不知道为什么我们小时候却叫它"茅栗子"。这是"形近而讹"么?不过我小时候根本不认得这个"芧"字。橡即栎。我们也不认得"栎"字,只是叫它"茅栗子树"。我们那里茅栗子树极少,只有西门外小校场的西边有一棵,很大。到了秋天,茅栗子熟了,落在地下,我们就去捡茅栗子玩。茅栗有什么好玩的？形状挺有趣，有一点像一个小坛子，不过底是尖的。皮色浅黄，很光滑。如此而已。我们有时在它的像个小盖子似的蒂部扎一个小窟窿，插进半截火柴棍，成了一个"捻捻转"。用手一捻，它就在桌面上旋转，像一个小陀螺。如此而已。

小校场是很偏僻的地方，附近没有什么人家。有一回，我和几个女同学去捡茅栗子，天黑下来了，我们忽然有些害怕，就赶紧往城里走。路过一家孤零零的人家门外，门前站着一个岁数不大的人，说："你们要茅栗子么？我家里有！"我们立刻感到：这是个坏人。我们没有搭理他，只是加快了脚步，拼命地走。我是同学里的唯一的男子汉，便像一个勇士似的走在最后。到了城门口，发现这个坏人没有跟上来，才松了一口气。当时的紧张心情，我过了很多年还记得。

梧 桐

一叶落而知天下秋，梧桐是秋的信使。梧桐叶大，易受风。叶柄甚长，叶柄与树枝连接不很结实，好像是粘上去的。风一吹，树叶极易脱落。立秋那天，梧桐树本来好好的，碧绿碧绿，忽然一阵小风，欻的一声，飘下一片叶子，无事的诗人吃了一惊：啊！秋天了！其实只是桐叶易落，并不

是对于时序有特别敏感的"物性"。梧桐落叶早,但不是很快就落尽。《唐明皇秋夜梧桐雨》证明秋后梧桐还有叶子的,否则雨落在光秃秃的枝干上,不会发出使多情的皇帝伤感的声音。据我的印象,梧桐大批地落叶,已是深秋,树叶已干,梧桐籽已熟。往往是一夜大风,第二天起来一看,满地桐叶,树上一片也不剩了。

梧桐籽炒食极香,极酥脆,只是太小了。

我的小学校园中有几棵大梧桐,大风之后,我们就争着捡梧桐叶。我们要的不是叶片,而是叶柄。梧桐叶柄末端稍稍鼓起,如一小马蹄。这个小马蹄纤维很粗,可以磨墨。所谓"磨墨",其实是在砚台上注了水,用粗纤维的叶柄来回磨蹭,把砚台上干硬的宿墨磨化了,可以写字了而已。不过我们都很喜欢用梧桐叶柄来磨墨,好像这样磨出的墨写出字来特别的好。一到梧桐落叶那几天,我们的书包里都有许多梧桐叶柄,好像这是什么宝贝。对于这样毫不值钱的东西的珍视,是可以不当一回事的么?不啊!这里凝聚着我们对于时序的感情。这是"俺们的秋天"。

一九八八年十一月九日

---

* 本篇原载《散文世界》1989年第一期;初收《汪曾祺全集》第四卷,北京师范大学出版社,1998年8月。

冬　天[*]

天冷了,堂屋里上了槅子。槅子,是春暖时卸下来的,一直在厢屋里放着。现在,搬出来,刷洗干净了,换了新的粉连纸,雪白的纸。上了槅子,显得严紧,安适,好像生活中多了一层保护。家人闲坐,灯火可亲。

床上拆了帐子,铺了稻草。洗帐子要拣一个晴朗的好天,当天就晒干。夏布的帐子,晾在院子里,夏天离得远了。稻草装在一个布套里,粗布的,和床一般大。铺了稻草,暄腾腾的,暖和,而且有稻草的香味,使人有幸福感。

不过也还是冷的。南方的冬天比北方难受,屋里不升火。晚上脱了棉衣,钻进冰凉的被窝里,早起,穿上冰凉的棉袄棉裤,真冷。

放了寒假,就可以睡懒觉。棉衣在铜炉子上烘过了,起来就不是很困难了。尤其是,棉鞋烘得热热的,穿进去真是舒服。

我们那里生烧煤的铁火炉的人家很少。一般取暖,只是铜炉子,脚炉和手炉。脚炉是黄铜的,有多眼的盖。里面烧的是粗糠。粗糠装满,铲上几铲没有烧透的芦柴火(我们那里烧芦苇,叫做"芦柴")的红灰盖在上面。粗糠引着了,冒一阵烟,不一会,烟尽了,就可以盖上炉盖。粗糠慢慢延烧,可以经很久。老太太们离不开它。闲来无事,抹抹纸牌,每个老太太脚下都有一个脚炉。脚炉里粗糠太实了,空气不够,火力渐微,就要用"拨火板"沿炉边挖两下,把粗糠拨松,火就旺了。脚炉暖人。脚不冷则周身不冷。焦糠的气味也很好闻。仿日本俳句,可以作一首诗:"冬天,脚炉焦糠的香。"手炉较脚炉小,大都是白铜的,讲究的是银制的。炉盖不是一个一个圆窟窿,大都是镂空的松竹梅花图案。手炉有极小的,中置炭墼(煤炭研为细末,略加蜜,筑成饼状),以纸煤头引着。一个炭墼能经一天。

冬天吃的菜,有乌青菜、冻豆腐、咸菜汤。乌青菜塌棵,平贴地面,江南谓之"塌苦菜",此菜味微苦。我的祖母在后园辟小片地,种乌青菜,经霜,菜叶边缘作紫红色,味道苦中泛甜。乌青菜与"蟹油"同煮,滋味难比。"蟹油"是以大螃蟹煮熟剔肉,加猪油"炼"成的,放在大海碗里,凝成蟹冻,久贮不坏,可吃一冬。豆腐冻后,不知道为什么是蜂窝状。化开,切小块,与鲜肉、咸肉、牛肉、海米或咸菜同煮,无不佳。冻豆腐宜放辣椒、青蒜。我们那里过去没有北方的大白菜,只有"青菜"。大白菜是从山东运来的,美其名曰"黄芽菜",很贵。"青菜"似油菜而大,高二尺,是一年四季都有的,家家都吃的菜。咸菜即是用青菜腌的。阴天下雪,喝咸菜汤。

冬天的游戏:踢毽子,抓子儿,下"逍遥"。"逍遥"是在一张正方的白纸上,木版印出螺旋的双道,两道之间印出八仙、马、兔子、鲤鱼、虾……;每样都是两个,错落排列,不依次序。玩的时候各执铜钱或象棋子为子儿,掷骰子,如果骰子是五点,自"起马"处数起,向前走五步,是兔子,则可向内圈寻找另一个兔子,以子儿押在上面。下一轮开始,自里圈兔子处数起,如是六点,进六步,也许是铁拐李,就寻另一个铁拐李,把子儿押在那个铁拐李上。如果数数至里圈的什么图上,则到外圈去找,退回来。点数够了,子儿能进入终点(终点是一座宫殿式的房子,不知是月宫还是龙门),就算赢了。次后进入的为"二家"、"三家"。"逍遥"两个人玩也可以,三个四个人玩也可以。不知道为什么叫做"逍遥"。

早起一睁眼,窗户纸上亮晃晃的,下雪了!雪天,到后园去折腊梅花、天竺果。明黄色的腊梅、鲜红的天竺果,白雪,生意盎然。腊梅开得很长,天竺果尤为耐久,插在胆瓶里,可经半个月。

舂粉子。有一家邻居,有一架碓。这架碓平常不大有人用,只在冬天由附近的一二十家轮流借用。碓屋很小,除

了一架碓,只有一些筛子、箩。踩碓很好玩,用脚一踏,吱扭一声,碓嘴扬了起来,嘭的一声,落在碓窝里。粉子舂好了,可以蒸糕,做"年烧饼"(糯米粉为蒂,包豆沙白糖,作为饼,在锅里烙熟),搓圆子(即汤团)。舂粉子,就快过年了。

一九八八年十二月二十二日

* 本篇原载《中国作家》1998年第一期;初收《汪曾祺全集》第四卷,北京师范大学出版社,1998年8月。

人间草木*

山丹丹

我在大青山挖到一棵山丹丹。这棵山丹丹的花真多。招待我们的老堡垒户看了看,说:"这棵山丹丹有十三年了。"

"十三年了?咋知道?"

"山丹丹长一年,多开一朵花。你看,十三朵。"

山丹丹记得自己的岁数。

我本想把这棵山丹丹带回呼和浩特,想了想,找了把铁锹,在老堡垒户的开满了蓝色党参花的土台上刨了个坑,把这棵山丹丹种上了。问老堡垒户:

"能活?"

"能活。这东西,皮实。"

大青山到处是山丹丹,开七朵花、八朵花的,多的是。

山丹丹花开花又落，

　　一年又一年……

这支流行歌曲的作者未必知道，山丹丹过一年多开一朵花。唱歌的歌星就更不会知道了。

枸　杞

枸杞到处都有。枸杞头是春天的野菜。采摘枸杞的嫩头，略焯过，切碎，与香干丁同拌，浇酱油醋香油；或入油锅爆炒，皆极清香。夏末秋初，开淡紫色小花，谁也不注意。随即结出小小的红色的卵形浆果，即枸杞子。我的家乡叫做狗奶子。

我在玉渊潭散步，在一个山包下的草丛里看见一对老夫妻弯着腰在找什么。他们一边走，一边搜索。走几步，停一停，弯腰。

"您二位找什么？"

"枸杞子。"

"有吗？"

老同志把手里一个罐头玻璃瓶举起来给我看，已经有半瓶了。

"不少!"

"不少!"

他解嘲似的哈哈笑了几声。

"您慢慢捡着!"

"慢慢捡着!"

看样子这对老夫妻是离休干部,穿得很整齐干净,气色很好。

他们捡枸杞子干什么?是配药?泡酒?看来都不完全是。真要是需要,可以托熟人从宁夏捎一点或寄一点来。——听口音,老同志是西北人,那边肯定会有熟人。

他们捡枸杞子其实只是玩!一边走着,一边捡枸杞子,这比单纯的散步要有意思。这是两个童心未泯的老人,两个老孩子!

人老了,是得学会这样的生活。看来,这二位中年时也是很会生活,会从生活中寻找乐趣的。他们为人一定很好,很厚道。他们还一定不贪权势,甘于淡泊。夫妻间一定不会为柴米油盐、儿女婚嫁而吵嘴。

从钓鱼台到甘家口商场的路上,路西,有一家的门头上种了很大的一丛枸杞,秋天结了很多枸杞子,通红通红的,礼花似的,喷泉似的垂挂下来,一个珊瑚珠穿成的华盖,好

看极了。这丛枸杞可以拿到花会上去展览。这家怎么会想起在门头上种一丛枸杞？

槐　花

玉渊潭洋槐花盛开，像下了一场大雪，白得耀眼。来了放蜂的人。蜂箱都放好了，他的"家"也安顿了。一个刷了涂料的很厚的黑色的帆布篷子。里面打了两道土堰，上面架起几块木板，是床。床上一卷铺盖。地上排着油瓶、酱油瓶、醋瓶。一个白铁桶里已经有多半桶蜜。外面一个蜂窝煤炉子上坐着锅。一个女人在案板上切青蒜。锅开了，她往锅里下了一把干切面。不大会儿，面熟了，她把面捞在碗里，加了作料、撒上青蒜，在一个碗里舀了半勺豆瓣。一人一碗。她吃的是加了豆瓣的。

蜜蜂忙着采蜜，进进出出，飞满一天。

我跟养蜂人买过两次蜜，绕玉渊潭散步回来，经过他的棚子，大都要在他门前的树墩上坐一坐，抽一枝烟，看他收蜜，刮蜡，跟他聊两句，彼此都熟了。

这是一个五十岁上下的中年人，高高瘦瘦的，身体像是不太好，他做事总是那么从容不迫，慢条斯理的。样子不像个农民，倒有点像一个农村小学校长。听口音，是石家庄一带的。他到过很多省,哪里有鲜花,就到哪里去。菜花开的地方,玫瑰花开的地方,苹果花开的地方,枣花开的地方。每年都到南方去过冬,广西,贵州。到了春暖,再往北翻。我问他是不是枣花蜜最好,他说是荆条花的蜜最好。这很出乎我的意外。荆条是个不起眼的东西,而且我从来没有见过荆条开花,想不到荆条花蜜却是最好的蜜。我想他每年收入应当不错,他说比一般农民要好一些,但是也落不下多少:蜂具,路费;而且每年要赔几十斤白糖,——蜜蜂冬天不采蜜,得喂它糖。

女人显然是他的老婆。不过他们岁数相差太大了。他五十了,女人也就是三十出头。而且,她是四川人,说四川话。我问他:你们是怎么认识的?他说:她是新繁县人。那年他到新繁放蜂,认识了。她说北方的大米好吃,就跟来了。

有那么简单?也许她看中了他的脾气好,喜欢这样安静平和的性格?也许她觉得这种放蜂生活,东南西北到处跑,好耍?这是一种农村式的浪漫主义。四川女孩子做事往往很洒脱,想咋个就咋个,不像北方女孩子有那么多考虑。他们结婚已经几年了。丈夫对她好,她对丈夫也很体贴。她觉得她的选择没有错,很满意,不后悔。我问养蜂人:她回去过没有?他说:回去过一次,一个人。他让她带了两千块钱,她买了好些礼物送人,风风光光地回了一趟新繁。

一天，我没有看见女人，问养蜂人，她到哪里去了。养蜂人说：到我那大儿子家去了，去接我那大儿子的孩子。他有个大儿子，在北京工作，在汽车修配厂当工人。

她抱回来一个四岁多的男孩，带着他在棚子里住了几天。她带他到甘家口商场买衣服，买鞋，买饼干，买冰糖葫芦。男孩子在床上玩鸡啄米，她靠着被窝用勾针给他勾一顶大红的毛线帽子。她很爱这个孩子。这种爱是完全非功利的，既不是讨丈夫的欢心，也不是为了和丈夫的儿子一家搞好关系。这是一颗很善良，很美的心。孩子叫她奶奶，奶奶笑了。

过了几天，她把孩子又送了回去。

过了两天，我去玉渊潭散步，养蜂人的棚子拆了，蜂箱集中在一起。等我散步回来，养蜂人的大儿子开来一辆卡车，把棚柱、木板、煤炉、锅碗和蜂箱装好，养蜂人两口子坐上车，卡车开走了。

玉渊潭的槐花落了。

* 本篇原载《散文》1990年第三期；初收《草花集》，成都出版社，1993年9月。

雁不栖树

苏东坡《卜算子》：

> 缺月挂疏桐，漏断人初静。谁见幽人独往来？缥缈孤鸿影。
>
> 惊起却回头，有恨无人省。拣尽寒枝不肯栖，寂寞沙洲冷。

苕溪渔隐曰："'拣尽寒枝不肯栖'之句，或云：鸿雁未尝栖宿树枝，惟在田野苇丛间，此亦语病也。"雁不落在树上，只在田野苇丛间，这是常识，苏东坡会不知道么？他是知道的。他的诗《高邮陈直躬处士画雁》一开头说："野雁见人时，未起意先改。君从何处看？得此无人态。"虽未说出雁在何处，但给人的感觉是在沙滩上。下面就说得很清楚了："北风振枯苇，微雪落璀璀。惨澹云水昏，晶荧沙砾碎。"然而苏东坡怎么会搞出这样语病来呢？

这首词的副题作"黄州定慧院寓居作"。"缺月挂疏桐，漏断人初静"，是庭院中的即景。这只孤雁怎会在缺月疏桐之间飞来飞去呢？或者说：雁想落在疏桐的寒枝上，但又觉得不是地方，想回到沙洲，沙洲又寂寞而冷，于是很徬徨。不过这样解词未免穿凿。一首看来没有问题，很好懂的词竟成了谜语，这是我初读此词时所未想到的。

《能改斋漫录》卷十六："东坡先生谪居黄州，作卜算子云云，其属意盖为王氏女子也，读者不能解。"这里似乎还有个浪漫故事。是怎么回事，猜不出。《漫录》又云："张右史文潜继贬黄州，访潘邠老，当得其详，题诗以志之"，读张文潜的题诗，更觉得莫名其妙。

雁为什么不能栖在树上？因为雁的脚趾是不能弯曲的，抓不住树枝。雁、鹅、鸭都是这样。不能"赶着鸭子上架"，因为鸭脚在架上呆不住。鸟类的脚趾有一些是不能弯曲的。画眉可以呆在"栖棍"上，百灵就不能，只能在砂底上跳来跳去，"哨"的时候也只能立在"台"上。

辛未年正月初四

---

* 本篇原载1991年3月6日《文汇报》；初收《汪曾祺小品》，中国人民大学出版社，1992年10月。

泰山片石*

序

> 我从泰山归,
> 携归一片云,
> 开匣忽相视,
> 化作雨霖霖。

泰山很大

泰即太,太的本字是大。段玉裁以为太是后起的俗字,太字下面的一点是后人加上去的。金文、甲骨文的大字下面如果加上一点,也不成个样子,很容易让人误解,以为是表示人体上的某个器官。

因此描写泰山是很困难的。它太大了,写起来没有抓挠。三千年来,写泰山的诗里最好的,我以为是诗经的《鲁颂》:"泰山岩岩,鲁邦所詹。""岩岩"究竟是一种什么感觉,很难捉摸,但是登上泰山,似乎可以体会到泰山是有那么一股劲儿。詹即瞻。说是在鲁国,不论在哪里,抬起头来就能看到泰山。这是写实,然而写出了一个大境界。汉武帝登泰山封禅,对泰山简直不知道怎么说才好,只好发出一连串的感叹:"高矣!极矣!大矣!特矣!壮矣!赫矣!感矣!"完全没说出个所以然。这倒也是一种办法,人到了超经验的景色之前,往往找不到合适的语言,就只好狗一样地乱叫。杜甫诗《望岳》,自是绝唱,"岱宗夫如何?齐鲁青未了",一句话就把泰山概括了。杜甫真是一个深受儒家思想影响的伟大的现实主义者,这一句诗表现了他对祖国山河的无比的忠悃。相比之下,李白的"天门一长啸,万里清风来",就有点洒狗血。李白写了很多好诗,很有气势,但有时底气不足,便只好洒狗血,装疯。他写泰山的几首诗都让人有底气不足之感。杜甫的诗当然受了《鲁颂》的影响,"齐鲁青未了",当自"鲁邦所詹"出。张岱说:"泰山元气浑厚,绝不以玲珑小巧示人。"这话是说得对的。大概写泰山,只能从宏观处着笔。郦道元写三峡可以取法。柳宗元的《永州八记》刻琢精深,以其法写泰山即不大适用。

　　写风景,是和个人气质有关的。徐志摩写泰山日出,用了那么多华丽鲜明的颜色,真是"浓得化不开"。但我有点怀疑,这是写泰山日出,还是写徐志摩自己?我想周作人就不会这样写。周作人大概根本不会去写日出。

我是写不了泰山的,因为泰山太大。我对泰山不能认同。我对一切伟大的东西总有点格格不入。我十年间两登泰山,可谓了不相干。泰山既不能进入我的内部,我也不能外化为泰山。山自山,我自我,不能达到物我同一,山即是我,我即是山。泰山是强者之山,我自以为这个提法很合适,我不是强者,不论是登山还是处世。我是生长在水边的人,一个平常的、平和的人。我已经过了七十岁,对于高山,只好仰止。我是个安于竹篱茅舍、小桥流水的人。以惯写小桥流水之笔而写高大雄奇之山,殆矣。人贵有自知之明,不要"小鸡吃绿豆——强努"。

同样,我对一切伟大的人物也只能以常人视之。泰山的出名,一半由于封禅。封禅史上最突出的两个人物是秦皇、汉武。唐玄宗作《纪泰山铭》,文词华缛而空洞无物。宋真宗更是个沐猴而冠的小丑。对于秦始皇,我对他统一中国的丰功,不大感兴趣。他是不是"千古一帝",与我无关。我只从人的角度来看他,对他的"蜂目豺声"印象很深。我认为汉武帝是个极不正常的人,是个妄想型精神病患者,一个变态心理的难得的标本。这两位大人物的封禅,可以说是他们的人格的夸大。看起来这两位伟大人物的封禅的实际效果都不怎么样，秦始皇上山，上了一半，遇到暴风雨，吓得退下来了。按照秦始皇的性格，暴风雨算什么呢？他横下心来，是可以不顾一切地上到山顶的。然而他害怕了，退下来了。于此可以看出，伟大人物也有虚弱的一面。汉武帝要封禅，召集群臣讨论封禅的制度。因无旧典可循，大家七嘴八舌瞎说一气。汉武帝恼了，自己规定了照祭东皇太乙的仪式，上山了。却谁也不让同去，只带了霍去病的儿子一个人。霍去病的儿子不久即得暴病而死。他的死因很可疑，于是汉武帝究竟在山顶上鼓捣了什么名堂，谁也不知道。封禅是大典，为什么要这样保密？看来汉武帝心里也有鬼，很怕他的那一套名堂不灵验，为人所讥。

但是，又一次登了泰山，看了秦刻石和无字碑（无字碑是一个了不起的杰作），在乱云密雾中坐下来，冷静地想想，我的心态比较透亮了。我承认泰山很雄伟，尽管我和它不能水乳交融，打成一片；承认伟大的人物确实是伟大的，尽管他们所做的许多事不近人情。他们是人里头的强者，这是毫无办法的事。在山上呆了七天，我对名山大川，伟大人物的偏激情绪有所平息。

同时我也更清楚地认识到我的微小，我的平常，更进一步安于微小，安于平常。

这是我在泰山受到的一次教育。

从某个意义上说,泰山是一面镜子,照出每个人的价值。

碧霞元君

泰山牵动人的感情,是因为它关系到人的生死。人死后,魂魄都要到蒿里集中。汉代挽歌有《薤露》、《蒿里》两曲。或谓本是一曲,李延年裁之为二,《薤露》送王公贵人,《蒿里》送大夫士庶。我看二曲词义,各成首尾,似本即二曲。《蒿里》词云:

蒿里谁家地?
聚敛魂魄无贤愚。
鬼伯一何相催迫,
人命不得少踟蹰。

写得不如《薤露》感人,但如同说话,亦自悲切。十年前到泰山,就想到蒿里去看看,因为路不顺,未果。蒿里山才多大的地方,天下的鬼魂都聚在那里,怎么装得下呢?也许鬼有形无质,挤一点不要紧。后来不知怎么又出来个酆都城。这就麻烦了,鬼们将无所适从,是上山东呢,还是到四川?我看,随便吧。

泰山神是管死的。这位神不知是什么来头。或说他是金虹氏,或说是《封神榜》上的黄飞虎。道教的神多是随意瞎编出来的。编的时候也不查查档案,于是弄得乱七八糟。历代帝王对泰山神屡次加封,老百姓则称之为东岳大帝。全国各地几乎都有一座东岳庙,亦称泰山庙。我们县的泰山庙离我家很近,我对这位大帝是很熟悉的(一张油白发亮的长圆脸,疏眉细眼,五绺胡须)。我小小年纪便知道大帝是黄飞虎,并且小小年纪就觉得这很滑稽。

中国人死了,变成鬼,要经过层层转关系,手续相当麻烦。先由本宅灶君报给土地,土地给一纸"回文",再到城隍那里"挂号",最后转到东岳大帝那里听候发落。好人,登银桥。道教好人上天,要经过一道桥(这想象倒是颇美的),这桥就叫"升仙桥"。我是亲眼看见过的,是纸扎的。道士诵经后,桥即烧去。这个死掉的人升天是不是经过东岳大帝批准了,不知道。不过死者的家属要给道士一笔劳务费,我是知道的。坏人,下地狱。地狱设备种酷刑:上刀山、下油锅、锯人、磨人……这些都塑在东岳庙的两廊,叫做"七十二司"。听说泰山蒿里祠也有"司",但不是七十二,而是七十五,是个单数,不知是何道理。据我的印象,人死了,登桥升天的很少,大部分都在地狱里受罪。人都不愿死,尤其不愿在七十二司里受酷刑——七十二司是很恐怖的,我小时即不敢多看,因此,大家对东岳大帝都没什么好感。香,还是要烧的,因为怕他。而泰山香火最盛处,为碧霞元君祠。

碧霞元君,或说是泰山神的侍女、女儿,或说是玉皇大帝的女儿,又说是玉皇大帝的妹妹。道教诸神的谱系很乱,差一辈不算什么。又一说是东汉人石守道之女。这个说法不可取,这把元君的血统降低了,从贵族降成了平民。封之为"天仙玉女碧霞元君"的,是宋真宗。老百姓则称之为泰山娘娘,或泰山老奶奶。碧霞元君实际上取代了东岳大帝,成为泰山的主神。"礼岱者皆祷于泰山娘娘祠庙,而弗旅岳神久矣"(福格《听雨丛谈》)。泰安百姓"终日仰对泰山,而不知有泰山,名之曰奶奶山"(王照《行脚山东记》)。

泰山神是女神,为什么?这很容易让人联想原始社会母性崇拜的远古隐秘心理的回归,想到母系社会,这不是没有道理的。我们不管活得多大,在深层心理中都封藏着不止一代人对母亲的记忆。母亲,意味着生。假如说东岳大帝是司死之神,那么,碧霞元君就是司生之神,是滋生繁衍之神。或者直截了当地说,是母亲神。人的一生,在残酷的现实生活之中,艰难辛苦,受尽委屈,特别需要得到母亲的抚慰。明万历八年,山东巡抚何起鸣登泰山,看到"四方以进香来谒元君者,辄号泣如赤子久离父母膝下者"。这里的"父"字可删。这种现象使这位巡抚大为震惊,"看出了群众这种感情背后隐藏着对冷酷现实强烈否定"(车锡伦《泰山女神的神话信仰与宗教》)。这位何巡抚是个有头脑、能看问题的人。对封建统治者来说,这种如醉如痴的半疯狂的感情,是一种可怕的力量。

碧霞元君当然被蒙上世俗宗教的唯利色彩,如各种人来许愿、求子。

车锡伦同志在他的《泰山女神的神话信仰与宗教》的最后提出一个很有意思的问题,即对碧霞元君"净化"的问题。怎样"净化"？我们不能把碧霞元君祠翻造成巴黎圣母院那样的建筑,也不能请巴赫那样的作曲家来写像《圣母颂》一样的《碧霞元君颂》。但是好像也不是一点办法都没有。比如能不能组织一个道教音乐乐队,演奏优美的道教乐曲,调集一些有文化的炼师诵唱道经,使碧霞元君在意象上升华起来,更诗意化起来？

任何名山都应该提高自己的文化层次,都有责任提高全民的文化素质。我希望主管全国旅游的当局,能思索一下这个问题。

泰山石刻

第一次看见经石峪字,是在昆明一个旧家,一副四言的集字对联,厚纸浓墨,是较早的拓本。百年老屋,光线晦暗,而字字神气俱足,不能忘。

经石峪在泰山中路的岔道上。这地方的地形很奇怪,在崇山峻岭之中,怎么会出现一片一亩大的基本平整的石坪呢?泰山石为花岗岩,多为青色,而这片石坪的颜色是姜黄的。四周都没有这样的石头,很奇怪。是一个什么人发现了这片石坪,并且想起在石坪上刻下一部《金刚经》呢?经字大径一尺半。摩崖大字,一般都是刻在直立的石崖上,这是刻在平铺的石坪上的,很少见。这样的字体,他处也极少见。

经石峪的时代,众说纷纭。说这是从隶书过渡到楷书之间的字体,则多数人都无异议。龚定庵有诗曰:

北书无过金刚经,
南书无过瘗鹤铭。
忽然二物相顾哑,
排闼一丈蛟龙青。

(龚集不在手边,此据记忆录出,或有错字。)

他所说的"金刚经"即经石峪字。他以为经石峪与瘗鹤的时代差不多,是有见地的。经石峪保存较多隶书笔意,但无蚕头雁尾，笔圆而体稍扁，可以上接石门铭，但不似石门铭的放肆。有人说这是王羲之写的，似无据。王羲之书多以偏侧取势，经石峪不也。瘗鹤铭结体稍长，用笔瘦劲，秀气扑人，说这近似二王书，还有几分道理（我以为应早于王羲之）。书法自晋唐以后，都贵瘦硬。杜甫诗"书贵瘦硬方通神"，是一时风气。经石峪字颇肥重，但是骨在肉中，肥而不痴，笔笔送到，而不板滞。假如用一个字评经石峪字，曰：稳。这是一个心平而志坚的学佛的人所写的字。这不是废话么，金刚经还能是不学佛的人写的？不，经字有佛性。

这样的字和泰山才相称。刻在他处，无此效果。十年前，我在经石峪呆了好大一会，觉得两天的疲劳，看了经石峪，也就值了。"经石峪"是"泰山"不可分离的一部分。泰山即使没有别的东西，没有碧霞元君祠，没有南天门，只有一个经石峪，也还是值得来看看的。

我很希望有人能拓印一份经石峪字的全文（得用好多张纸拼起来），在北京陈列起来，即便专为它盖一个大房子，也不为过。

名山之中，石刻最多也最好的，似为泰山。大观峰真是大观，那么多块摩崖大字，大都写得很好，这好像是摩崖大字大赛，哪一块都不寒碜。这块地场（这是山东话）也选得好。石岩壁立，上无遮盖，而石壁前有一片空地，看字的人可以在一个距离之外看，收其全貌，不必像壁虎似的趴在石壁上。其他各处的摩崖石碑的字也都写得不错。摩崖字多是真书体兼颜柳，是得这样，才压得住（蔡襄平日写行草，鼓山的大字题石却是真书。董其昌字甚飘逸，但写大字则用颜体）。看大字碑刻题名，很多都是山东巡抚。大概到山东来当巡抚，先得练好大字。

有些摩崖石刻，是当代人手笔。较之前人，不逮也。有的字甚至明显地看得出是用铅笔或圆珠笔写在纸上放大的。是乌可哉。

很奇怪，泰山上竟没有一块韩复榘写的碑。这位老兄在山东呆了那么久，为什么不想到泰山来留下一点字迹？看来他有点自知之明。韩复榘在他的任内曾大修过泰山一次，竣工后，电令泰山各处："嗣后除奉令准刊外，无论何人不准题字、题诗。"我准备投他一票。随便刻字，实在是糟蹋了泰山。

担山人

我在泰山遇了一点险，在由天街到神憩宾馆的石级上，叫一个担山人的扁担的铁尖在右眼角划了一下，当时出了血。这位担山人从我的后边走上来，在我身边换肩。担山

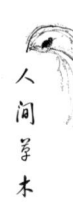

人说："你注意一点。"话倒是挺和气，不过有点岂有此理，他在我后面，倒是我不注意！我看他担着重担，没有说什么（我能说什么呢？揪住他不放？这种事我还做不出来）。这个担山人年纪比较轻，担山、做人，都还少点经验。他担了四块正方形的水泥砖，一头两块（为什么不把原材料运到山上，在山上做砖，要这样一趟一趟担？）。我看了别的担山人，担什么的都有。有担啤酒的，不用筐箱，啤酒瓶直立着，缚紧了，两层。一担也就是担个五六十瓶吧。我们在山上喝啤酒，有时开了一瓶，没喝完，就扔下了，往后可不能这样，这瓶酒来之不易。泰山担山人有个特别处，担物不用绳系，直接结缚在扁担两头。这样重心就很高，有什么好处？大概因为用绳系，爬山级时易于碰腿。听泰山管理处的路宗元同志说，担山人一般能担一百四五十斤，多的能担一百八。他们走得不快，一步一步，脚脚落在实处，很稳，呼吸调得很匀，不出粗气。冯玉祥诗《上山的挑夫》说担山人"腿酸气喘，汗如雨滴"，要是这样，那算什么担山的呢？

泰山担山人的扁担较他处为长，当中宽厚，两头稍翘，一头有铁尖（这种带有铁尖的扁担湖南也有，谓之钎担）。扁担作紫黑色，不知是什么木料，看起来很结实，又有绵性，既能承重，也不压肩。

我的那点轻伤不算什么。到了宾馆，血就止了。大夫用酒精擦了擦,晚上来看看,说:"没有感染(我还真有点怕万一感染了破伤风什么的)。"又说:"你扎的那个地方可不好!如果再往下一点,扎得深一点……"

"那就麻烦了!"

扇子崖下

泰山散文笔会的作家去登扇子崖。我和斤澜没有上去。叶梦为了陪我们,上了一截又下来了。路宗元同志叫我们在下面随便走走,等登山的人下来。

这也是一个景区,竹林寺风景管理区,但竹林寺只存其名,寺已不存在。这里属泰山西路,不是登山的正路,游人很少。除了特意来登扇子崖的,几乎没有人来。这不大像风景区,倒像山里的一个村子。稍远处有农家,地里种着地瓜(即白薯)。一个树林里有近百只羊。一色是黑山羊。泰山的山羊和别处不大一样,毛色浓黑,眼圈和嘴头是棕黄色的——别处的黑山羊眼、嘴都是浅灰色。这些羊分散在石块上,或立或卧,都一动不动,只有嘴不停地磨动,在倒嚼。这些羊的样子很"古"。有一个小庙,叫无极庙。庙外有老妇人卖汽水。无极庙极小。正殿上塑着无极娘娘,两旁配殿一边塑送生娘娘,一边塑眼光娘娘,如碧霞元君祠简陋。

中国人不知道为什么对眼光娘娘那样重视,很多庙里都有,是中国害眼的特多?无极庙小,没人来,亦无住持僧道,庭中有树两株,石凳一,很安静。在石凳上坐坐,舒服得很。出门时问卖汽水的老妇人:"有人买汽水么?"答曰:"有!"

出无极庙,沿山路徐行。路也有点起伏,石级崎岖处得由叶梦扶我一把,但基本上是平缓的。半山有石亭,在亭外坐下,眺望近处的长寿桥,远处的黑龙潭,如王旭《西溪》诗所说"一川烟景合,三面画屏开",很美。许安仁《游泰山竹林》诗云:"客来总说游山好,不道山僧却厌山",在游山诗中别开生面。我在泰山,虽不到"厌山"的程度,但连日上上下下,不免疲乏,能于雄、伟、奇、险之外得一幽境(王旭《游竹林寺》:"竹林开幽境")偷闲半日,也是很好的休息。

薄暮,登山诸公下来,全都累得够呛,我与斤澜皆深以不登扇子崖为得计。

临走时,卖汽水的老妇人已经走了,无极庙的门开着。

回来翻翻资料,无极庙的来历原来是这样:1925年张宗昌督鲁时,兖州镇守使张培荣封其夫人为"无极真人",并在竹林寺旧址建无极庙,不禁失笑。一个镇守使竟然"封"自己的老婆为"真人",亦是怪事。这种事大概只有张宗昌的部下才干得出来。

中溪宾馆

中溪宾馆在中天门,一径通幽,两层楼客房,安安静静。楼外有个长长的庭院,种着小灌木,豆板黄杨、小叶冬青、日本枫。庭院两端有一石造方亭,突出于山岩之外,下临虚谷,不安四壁。亭中有石桌石凳。坐在亭子里,觉山色皆来相就,用四川话说,真是"安逸"。

伙食很好,餐餐有野菜吃。十年前我到泰山,就吃过野菜,但不如这次多。泰山可吃的野菜有一百多种,主要的有31种。野菜不外是两种吃法,一是开水焯后凉拌,一是裹了蛋清面糊油炸。我们这次吃过的野菜有这些:

灰菜(亦名雪里青,略焯,凉拌。亦可炒食,或裹面蒸食)

野苋菜(凉拌或炒)

马齿苋(凉拌或炒)

蕨菜(即藜,焯后凉拌)

黄花菜(泰山顶上的黄花菜淡黄色,与他处金黄者不同,瓣亦较厚而嫩,甚香。凉拌或炒,亦可做汤)

藿香(即做藿香正气丸的藿香。山东人读"藿"音如"河",初不知"河香"为何物,上桌后方知是一味中药。藿香

叶裹面油炸）

薄荷（野生者。油炸，入口不凉，细嚼后有薄荷香味）

紫苏（本地叫苏叶，与南京女作家苏叶名字相同，但南京的苏叶不能裹面油炸了吃耳）

椿叶（香椿已经无嫩芽，但其叶仍可炸食）

木槿花（整朵油炸，炸出后花形不变，一朵一朵开在瓷盘里。吃起来只是酥脆，亦无特殊味道，好玩而已）

宾馆经理朱正伦把野菜移栽在食堂外面的空地上，要吃，由炊事员现采，故皆极新鲜。朱经理说港台客人对中溪宾馆的野菜宴非常感兴趣。那是，香港咋能吃到野菜呢！

宾馆的服务员都是小姑娘，对人很亲切，没有星级宾馆的服务员那样过多的职业性的礼貌。她们对"散文笔会"的十八位作家的底细大体都摸清了。一个叫米峰的姑娘戴一副眼镜，我戏称她为学者型的服务员。她拿了一本《蒲桥集》来让我签名，说是今年一月在岱安买的，说她最喜欢《昆明的雨》那几篇，说没想到我会来，看到了我，真高兴。我在扉页上签了名，并写了几句话。

山中七日，除了在山顶的神憩宾馆住过一晚上外，六天都住在中溪宾馆。早晨出发，薄暮归来。人真是怪，宾馆，宾馆耳，但踏进大门，即觉得是回家了。

我问朱正伦同志，这地方为什么叫中溪，他指指对面的山头,说山上有一条溪水,是泰山的主溪,因为在泰山之中,故名中溪。听人说,泰山山有多高,水有多高,信然。

写了两个晚上的字。为中溪宾馆写了一幅四尺横幅:溪流崇岭上,人在乱云中。

临走,宾馆人员全体出动,一直把我们送下山坡上汽车。桑下三宿,未免有情。再来泰山,我还住中溪。

泰山云雾

宿中溪宾馆第二天,我起得很早,推开客房楼门,到院里一看,大雾。雾在峰谷间缓缓移动,忽浓忽淡。远近诸山皆作浅黛,忽隐忽现。早饭后,雾渐散,群山皆如新沐。

登玉皇顶,下来,到探海石旁,不由常路转到后山。后山小路狭窄,未经斫治,有些地方仅能容足,颇险。我四月间在云南曾崴过一次脚,因有旧伤,所以格外小心。但是后山很值得一看。山皆壁立,直上直下,岩块皆数丈,笔致粗豪,如大斧劈。忽然起了大雾,回头看玉皇顶,完全没有了,只闻鸟啼。从鸟声中得出所来的山岭松林的方位,知道就在不远处。然而极目所见,但浓雾而已。

宿神憩宾馆,晚上,和张抗抗出宾馆大门看看,只见白茫茫一片,不辨为云为雾。想到天街走走,服务员劝我们不要去,危险,只好伏在石栏上看看。云雾那样浓,似乎扔一个鸡蛋下去也不会沉底。老是白茫茫一片,看到什么时候?回去吧。抗抗说她小时候看见云流进屋里,觉得非常神奇。不想我们回去,拉开了玻璃大门,云雾抢在我们前面先进来了,一点不客气,好像谁请了它似的。

离开泰山的那天夜晚,雾特大,开了车灯,能见度只有二尺。司机在泰山开了十年车,是老泰山了。他说外地司机,这天气不敢开车。我们就这样云里雾里,胡里胡涂地离开泰山了。

在车里,我想:泰山那么多的云雾,为什么不种茶?史载:中国的饮茶,始于泰山的灵岩寺,那么,泰山原来是有茶树的。泰山的水那样好(本地人云:泰山有三美,白菜、豆腐、水),以泰山水泡泰山茶,一定很棒。我想向泰山管委会作个建议:试种茶树。也许管委会早已想到了,下次再来泰山,希望能喝到泰山岩茶,或"碧霞新绿"。

一九九一年七月末,北京

* 本篇原载《绿叶》1992年第一期(创刊号);初收《旅食集》,广东旅游出版社,1992年4月。

录音压鸟*

听到一种鸟声:"光棍好苦"。奇怪！这一带都是楼房,怎么会飞来一只"光棍好苦"呢？鸟声使我想起南方的初夏雨声、绿。"光棍好苦"也叫"割麦插禾"、"媳妇好苦"。这种鸟的学名是什么,我一直没有弄清楚,也许是"四声杜鹃"吧。接着又听见布谷鸟的声音:"咯咕,咯咕"。唔？我明白了:这是谁家把这两种鸟的鸣声录了音,在屋里放着玩哩,——季节也不对,九十月不是"光棍好苦"和布谷叫的时候。听听鸟叫录音,也不错,不像摇滚乐那样吵人。不过他一天要放好多遍。一天下楼,又听见。我问邻居:

"这是谁家老放'光棍好苦'？"

"八层！养了一只画眉,'压'他那只鸟哪！"

过了几天,八层的录音又添了一段:母鸡下蛋:咯咯咯咯,咯咯咯咯,咯咯咯咯搭……

又过了几天,又续了一段:咪噢,咪噢。小猫。

我于是肯定,邻居的话不错。

培训画眉学习鸣声,北京叫做"压"鸟。"压"亦写作"押"。

北京人养画眉,讲究有"口"。有的画眉能有十三或十四套口,即能学十三四种叫声。比较一般的是苇咋子(一种小水鸟)、山喜鹊(蓝灰色)、大喜鹊,还有"伏天儿"(蝉之一种),鸣声如"伏天伏天……",我一天和女儿在玉渊潭堤上散步,听见一只画眉学猫叫,学得真像,我女儿不禁笑出声来:"这不是自己吓唬自己吗?"听说有一只画眉能学"麻雀争风":两只麻雀,本来挺好,叫得很亲热;来了个第三者,跟母麻雀调情,公麻雀生气了,和第三者打了起来;结果是第三者胜利了,公麻雀被打得落荒而逃,母麻雀和第三者要好了,在一处叫得很亲热。一只画眉学三只鸟叫,还叫出了情节,我真有点不相信。可是养鸟的行家都说这是真事。听行家们说,压鸟得让画眉听真鸟,学山喜鹊就让它听山喜鹊,学苇咋子就听真苇咋子;其次,就是向别的有"口"的画眉学。北京养画眉的每天集中在一起,谓之"会鸟",目的之一就是让画眉互相学习。靠听录音,是压不出来的!玉渊潭有一年飞来了一只"光棍好苦",一只布谷,有一位,每天拿着录音机,追踪这两只鸟。我问养鸟的行家:"他这是干什么?"——"想录下来,让画眉学,——瞎白!"

北京养画眉的大概有不少人想让画眉学会"光棍好苦"和布谷。不过成功的希望很少。我还没听到一只画眉有这一套"口"的。那位不辞辛苦跟踪录音的"主儿"也是不得已。"光棍好苦"和布谷北京极少来,来了,叫两天就飞走了。让画眉跟真的"光棍好苦"和布谷学,"没门儿"!

我们楼八层的小伙子(我无端地觉得这个养画眉的是个年轻人,一个生手)录的这四套"学习资料",大概是跟别人转录来的。他看来急于求成,一天不知放多少遍录音。一天到晚,老听他的"光棍好苦"、"峪咕"、"咯咯咯咯搭"、"喵呜",不免有点叫人厌烦。好在,我有点幸灾乐祸地想,这套录音大概听不了几天了,他这只画眉是只"生鸟","压"不出来的。

我不反对画眉学别的鸟或别的什么东西的声音(有的画眉能学旧日北京推水的独轮小车吱吱扭扭的声音;有一阵北京抓社会治安,不少画眉学会了警车的尖厉的叫声,这种不上"谱"的叫声,谓之"脏口",养画眉的会一把抓出来,把它摔死)。也许画眉天生就有学这些声音的习性。不过,我认为还是让画眉"自觉自愿"地学习,不要灌输,甚至强迫。我担心画眉忙着学这些声音,会把它自己本来的声音忘了。画眉本来的鸣声是很好听的。让画眉自由地唱它自己的歌吧!

* 本篇原载1991年11月5日《解放日报》;初收《中国当代作家选集丛书·汪曾祺》,人民文学出版社,1992年12月。

岁朝清供*

"岁朝清供"是中国画家爱画的画题。明清以后画这个题目的尤其多。任伯年就画过不少幅。画里画的、实际生活里供的,无非是这几样:天竹果、腊梅花、水仙。有时为了填补空白,画里加两个香橼。"橼"谐音圆,取其吉利。水仙、腊梅、天竹,是取其颜色鲜丽。隆冬风厉,百卉凋残,晴窗坐对,眼目增明,是岁朝乐事。

我家旧园有腊梅四株,主干粗如汤碗,近春节时,繁花满树。这几棵腊梅磬口檀心,本来是名贵的,但是我们那里重白心而轻檀心,称白心者为"冰心",而给檀心的起一个不好听的名字:"狗心"。我觉得狗心腊梅也很好看。初一早,我就爬上树去,选择一大枝——要枝子好看,花蕾多的,拗折下来——腊梅枝脆,极易折,插在大胆瓶里。这枝腊梅高可三尺,很壮观。天竹我们家也有一棵,在园西墙角。不知道为什么总是长不大,细弱伶仃,结果也少。我不忍心多折,只是剪两三穗,插进胆瓶,为腊梅增色而已。

我走过很多地方,像我们家那样粗壮的腊梅还没有见过。

在安徽黟县参观古民居,几乎家家都有两三丛天竹。有一家有一棵天竹,结了那么多果子,简直是岂有此理!而且颜色是正红的,——一般天竹果都偏一点紫。我驻足看了半天,已经走出门了,又回去看了一会。大概黟县土壤气候特宜天竹。

在杭州茶叶博物馆,看见一个山坡上种了一大片天竹。我去时不是结果的时候,不能断定果子是什么颜色的,但看梗干枝叶都作深紫色,料想果子也是偏紫的。

任伯年画天竹,果极繁密。齐白石画天竹,果较疏;粒大,而色近朱红。叶亦不作羽状。或云此别是一种,湖南人谓之草天竹,未知是否。

养水仙得会"刻",否则叶子长得很高,花弱而小,甚至花未放蕾即枯瘪。但是画水仙都还是画完整的球茎,极少画刻过的,即福建画家郑乃珖也不画刻过的水仙。刻过的水仙花美,而形态不入画。

北京人家春节供腊梅、天竹者少,因不易得。富贵人家常在大厅里摆两盆梅花(北京谓之"干枝梅",很不好听),在泥盆外加开光粉彩或景泰蓝套盆,很俗气。

穷家过年,也要有一点颜色。很多人家养一盆青蒜。

这也算代替水仙了吧。或用大萝卜一个,削去尾,挖去肉,空壳内种蒜,铁丝为箍,以线挂在朝阳的窗下,蒜叶碧绿,萝卜皮通红,萝卜缨翻卷上来,也颇悦目。

广州春节有花市,四时鲜花皆有。曾见刘旦宅画"广州春节花市所见",画的是一个少妇的背影,背兜里背着一个娃娃,右手抱一大束各种颜色的花,左手拈花一朵,微微回头逗弄娃娃,少妇著白上衣,银灰色长裤,身材很苗条。穿浅黄色拖鞋。轻轻两笔,勾出小巧的脚跟。很美。这幅画最动人处,正在脚跟两笔。

这样鲜艳的繁花,很难说是"清供"了。

曾见一幅旧画:一间茅屋,一个老者手捧一个瓦罐,内插梅花一枝,正要放到案上,题目:"山家除夕无他事,插了梅花便过年",这才真是"岁朝清供"!

(一九九二年十二月三十一日)

* 本篇原载《草花集》,成都出版社,1993年9月。

花*

荷　花

我们家每年要种两缸荷花,种荷花的藕不是吃的藕,要瘦得多,节间也长,颜色黄褐,叫做"藕秧子"。在缸底铺一层马粪,厚约半尺,把藕秧子盘在马粪上,倒进多半缸河泥,晒几天,到河泥坼裂有缝,倒两担水,将平缸沿。过个把星期,就有小荷叶嘴冒出来。过几天荷叶长大了。冒出花骨朵了。荷花开了,露出嫩黄的小莲蓬,很多很多花蕊。清香清香的。荷花好像说:"我开了。"

荷花到晚上要收朵。轻轻地合成一个大骨朵。第二天一早,又放开。荷花收了朵,就该吃晚饭了。

下雨了。雨打在荷叶上啪啪地响。雨停了,荷叶面上的雨水水银似的摇晃。一阵大风,荷叶倾侧,雨水流泻下来。

荷叶的叶面为什么不沾水呢?

荷叶粥和荷叶粉蒸肉都很好吃。

荷叶枯了。

下大雪,荷花缸里落满了雪。

报春花·毋忘我

昆明报春花到处都有。圆圆的小叶子,柔软的细梗子,淡淡的紫红色的成簇的小花。田埂的两侧开得满满的,谁也不把它当作"花"。连根挖起来,种在浅盆里,能活。这就是翻译小说里常常提到的樱草。

偶然在北京的花店里看到十多盆报春花,种在青花盆里,标价相当贵,不禁失笑。昆明人如果看到,会说:这也卖?

Forget-me-not——毋忘我,名字很有诗意,花实在并不好看。草本,矮棵,几乎是贴地而生的。抽条颇多,一丛一丛的。灰绿色的布做的似的皱皱的叶子。花甚小,附茎而开,颜色正蓝。蓝得很正,就像国画颜色中的"三蓝"。花里头像这样纯正的蓝色的还很少见,——一般蓝色的花都带点紫。

为什么西方人把这种花叫做 Forget-me-not 呢?是不是思念是蓝色的?

昆明人不管它什么毋忘我,什么 Forget-me-not,叫它

"狗屎花"！

这叫西方的诗人知道,将谓大煞风景。

绣　球

绣球,周天民编绘的《花卉画谱》上说:

> 绣球　虎耳草科,落叶灌木,高达一、二丈,干皮带皱。叶大椭圆形,边缘有锯齿。春月开花,百朵成簇,如球状而肥大。小花五出深裂,瓣端圆,有短柄,其色有淡紫、红、白。百株成簇,俨如玉屏。

我始终没有分清绣球花的小花到底是几瓣,只觉得是分不清瓣的一个大花球。我偶尔画绣球,也是以意为之的画了很多簇在一起的花瓣,哪一瓣属于哪一朵小花,不管它！

绣球花是很好养的,不需要施肥,也不要浇水,不用修枝,也不长虫,到时候就开出一球一球很大的花,白得像雪,非常灿烂。这花是不耐细看的,只是赫然的在你眼前轻轻摇晃。

我以前看过的绣球都是白的。

我有个堂房的小姑妈——她比我才大一岁。绣球花开的时候,她就折了几大球,插在一个白瓷瓶里,她在花下面写小字。

她是订过婚的。

听说她婚后的生活很不幸,我那位姑父竟至动手打她。

前年听说,她还在,胖得不得了。

绣球花云南叫做"粉团花"。民歌里有用粉团花来形容女郎长得好看的。用粉团花来形容女孩子,别处的民歌里似还没有见过。

我看过的最好的绣球是在泰山。泰山人养绣球是一种风气。一个茶馆的院子里的石凳上放着十来盆绣球,开得极好。盆面一层厚厚的喝剩的茶叶。是不是绣球宜浇残茶?泰山盆栽的绣球花头较小,花瓣较厚,瓣作豆绿色。这样的绣球是可以细看的。

杜鹃花

淡淡的三月天,
杜鹃花开在山坡上,
杜鹃花开在小溪旁,
多美丽哦,
乡村家的小姑娘,

乡村家的小姑娘。

这是抗日战争期间昆明的小学生很爱唱的一首歌。董林肯词,徐守廉曲。这是一首曲调明快的抒情歌,很好听。不单小学生爱唱,中学生也爱唱,大学生也有爱唱的,因为一听就记住了。

董林肯和徐守廉是同济大学的学生,原来都是育才中学毕业的。育才中学是全面培养学生才能的,而且是实行天才教育的学校。学生多半有艺术修养。董林肯、徐守廉都是学工的(同济大学是工科大学),但都对艺术有很虔诚的兴趣,因此能写词谱曲。

我是怎么认识他们俩的呢?因为董林肯主办了班台莱耶夫的《表》的演出,约我去给演员化妆,我到同济大学的宿舍里去见他们,认识了。那时在昆明,只要有艺术上的共同爱好,有人一介绍,就会熟起来的。

董林肯为什么要主持《表》的演出?我想是由于在昆明当时没有给孩子看的戏。他组织这次演出是很辛苦的,而且演戏总有些叫人头疼的事,但是还是坚持了下来。他不图什么,只是因为有一颗班台莱耶夫一样的爱孩子的心。

我记得这个戏的导演是劳元干。演员里我记得演监狱看守的是刺杀孙传芳的施剑翘的弟弟,他叫施什么我已经

忘记了。他是个身材魁梧的胖子。我管化妆,主要是给他贴一个大仁丹胡子。有当时有中国秀兰邓波儿之称的小明星,长大后曾参与搜集整理《阿诗玛》,现在写小说、散文的女作家刘绮。有一次,不知为什么,剧团内部闹了意见,戏几乎开不了场,刘绮在后台大哭。刘绮一哭,事情就解决了。

刘绮,有这回事么?

前几年我重到昆明,见到刘绮。她还能看出一点小时候的模样。不过,听说已经当了奶奶了。

不知道为什么,我有时还会想起董林肯和徐守廉。我觉得这是两个对艺术的态度极其纯真,像我前面所说的,虔诚的人。他们身上没有一点明星气、流氓气。这是两个通身都是书卷气的搞艺术的人。

> 淡淡的三月天,
> 杜鹃花开在山坡上,
> 杜鹃花开在小溪旁……

木 香 花

我的舅舅家有一架木香花。木香花开,我们就揪下几撮,——木香柄长,似海棠,梗蒂着枝,一揪,可揪下一撮,养在浅口瓶里,可经数日。

木香亦称"锦栅儿",枝条甚长。从运河的御码头上船,到快近车逻,有一段,两岸全是木香,枝条伸向河上,搭成了一个长约一里的花棚。小轮船从花棚下开过,如同仙境。

前几年我回故乡一次,说起这一段运河两岸的木香花棚,谁也不知道。我有点怀疑:我是不是做梦?

昆明木香花极多。观音寺南面,有一道水渠,渠的两沿,密密的长了木香。

我和朱德熙曾于大雨少歇之际,到莲花池闲步。雨又下起来了,我们赶快到一个小酒馆避雨。要了两杯市酒(昆明的绿陶高杯,可容三两),一碟猪头肉,坐了很久。连日下雨,墙脚积苔甚厚。檐下的几只鸡都缩着一脚站着。天井里有很大的一棚木香花,把整个天井都盖满了。木香的花、叶、花骨朵,都被雨水湿透,都极肥壮。

四十年后,我写了一首诗,用一张毛边纸写成一个斗方,寄给德熙:

莲花池外少行人,
野店苔痕一寸深。
浊酒一杯天过午,
木香花湿雨沉沉。

德熙很喜欢这幅字,叫他的儿子托了托,配一个框子,挂在他的书房里。

德熙在美国病逝快半年了,这幅字还挂在他在北京的书房里。

一九九三年一月二十九日

* 本篇原载《收获》1993年第四期;初收《草花集》,成都出版社,1993年9月。

昆虫备忘录*

复眼

我从小学三年级《自然》教科书上知道蜻蜓是复眼,就一直捉摸复眼是怎么回事。"复眼",想必是好多小眼睛合成一个大眼睛。那它怎么看呢?是每个小眼睛都看到一个小形象,合成一个大形象?还是每个小眼睛看到形象的一部分,合成一个完全形象?捉摸不出来。

凡是复眼的昆虫,视觉都很灵敏。麻苍蝇也是复眼,你走近蜻蜓和麻苍蝇,还有一段距离,它就发现了,噌——,飞了。

我曾经想过:如果人长了一对复眼?

还是不要!那成什么样子!

蚂　蚱

河北人把尖头绿蚂蚱叫"挂大扁儿"。西河大鼓里唱道："挂大扁儿甩子在那荞麦叶儿上"，这句唱词有很浓的季节感。为什么叫"挂大扁儿"呢？我怪喜欢"挂大扁儿"这个名字。

我们那里只是简单地叫它蚂蚱。一说蚂蚱，就知道是指尖头绿蚂蚱。蚂蚱头尖，徐文长曾觉得它的头可以蘸了墨写字画画，可谓异想天开。

尖头蚂蚱是国画家很喜欢画的。画草虫的很少没有画过蚂蚱。齐白石、王雪涛都画过。我小时也画过不少张，只为它的形态很好掌握，很好画，——画纺织娘，画蝈蝈，就比较费事。我大了以后，就没有画过蚂蚱。前年给一个年轻的牙科医生画了一套册页，有一开里画了一只蚂蚱。

蚂蚱飞起来会格格作响，不知道它是怎么弄出这种声音的。蚂蚱有鞘翅，鞘翅里有膜翅。膜翅是淡淡的桃红色，很好看。

我们那里还有一种"土蚂蚱"，身体粗短，方头，色如泥土，翅上有黑斑。这种蚂蚱，捉住它，它就吐出一泡褐色的口水，很讨厌。

天津人所说的"蚂蚱"实是蝗虫。天津的"烙饼卷蚂蚱"，卷的是焙干了的蝗虫肚子。河北省人嘲笑农民谈吐不文雅，说是"蚂蚱打喷嚏——满嘴的庄稼气"，说的也是蝗虫。蚂蚱还会打喷嚏？这真是"糟改"庄稼人！

小蝗虫名蝻。有一年，我的家乡闹蝗虫，在这以前，大街上一街蝗蝻乱蹦，看着真是不祥。

花 大 姐

瓢虫款款地落下来了，摺好它们黑绸衬裙——膜翅，顺顺溜溜；收拢硬翅，严丝合缝。瓢虫是做得最精致的昆虫。

"做"的？谁做的？

上帝。

上帝？

上帝做了一些小玩意儿，给他的小外孙女儿玩。

上帝的外孙女儿？

哦，上帝说："给你！好看吗？"

"好看！"

上帝的外孙女儿？

对！

瓢虫是昆虫里面最漂亮的。

北京人叫瓢虫为"花大姐"，好名字！

瓢虫,朱红的,瓷漆似的硬翅,上有黑色的小圆点。圆点是有定数的,不能瞎点。黑点,叫做"星"。有七星瓢虫、十四星瓢虫……星点不同,瓢虫就分为两大类。一类是吃蚜虫的,是益虫;一类是吃马铃薯的嫩叶的,是害虫。我说吃马铃薯嫩叶的瓢虫,你们就不能改改口味,也吃蚜虫吗?

独角牛

吃晚饭的时候,嗡——扑!飞来一只独角牛,摔在灯下。它摔得很重,摔晕了。轻轻一捏,就捏住了。

独角牛是硬甲壳虫,在甲虫里可能是最大的,从头到脚,约有二寸。甲壳铁黑色,很硬。头部尖端有一只犀牛一样的角。这家伙,是昆虫里的霸王。

独角牛的力气很大。北京隆福寺过去有独角牛卖,给它套上一辆泥制的小车,它就拉着走。

北京管这个大力士好像也叫做独角牛。学名叫什么,不知道。

磕头虫

我抓到一只磕头虫。北京也有磕头虫?我觉得很惊奇。我拿给我的孩子看,以为他们不认识。

"磕头虫。我们小时候玩过。"

哦。

磕头虫的脖子不知道怎么有那么大的劲,把它的肩背按在桌面上,它就吧答吧答地不停地磕头。把它仰面朝天放着,它运一会气,脖子一挺,就反弹得老高,空中转体,正面落地。

蝇　虎

蝇虎,我们那里叫做苍蝇子,形状略似蜘蛛而长,短脚,灰黑色,有细毛,趴在砖墙上,不注意是看不出来的。蝇虎的动作很快,苍蝇落在它面前,还没有站稳,已经被它捕获,来不及嘤地叫上一声,就进了蝇虎子的口了。蝇虎的食量惊人,一只苍蝇,眨眼之间就吃得只剩一张空皮了。

苍蝇是很讨厌的东西,因此人对蝇虎有好感,不伤害它。

捉一只大金苍蝇喂蝇虎子,看着它吃下去,是很解气的。蝇虎子对送到它面前的苍蝇从来不拒绝。这蝇虎子不怕人。

狗　蝇

世界上最讨厌的东西是狗蝇。狗蝇钻在狗毛里叮狗,叮得狗又疼又痒,烦躁不堪,发疯似的乱蹦,乱转,乱骂人,——叫。

一九九三年二月二日

* 本篇原载《草花集》,成都出版社,1993年9月;又载《大家》1994年第一期。其中《花大姐》又载《幸福》1996年第十二期。

夏　天[*]

夏天的早晨真舒服。空气很凉爽,草尖还挂着露水(蜘蛛网上也挂着露水)。写大字一张,读古文一篇。夏天的早晨真舒服。

凡花大都是五瓣,栀子花却是六瓣。山歌云:"栀子花开六瓣头。"栀子花粗粗大大,色白,近蒂处微绿,极香,香气简直有点叫人受不了,我的家乡人说是:"碰鼻子香"。栀子花粗粗大大,又香得掸都掸不开,于是为文雅人不取,以为品格不高。栀子花说:"去你妈的,我就是要这样香,香得痛痛快快,你们他妈的管得着吗!"

人们往往把栀子花和白兰花相比。苏州姑娘串街卖花,娇声叫卖:"栀子花!白兰花!"白兰花花朵半开,娇娇嫩嫩,如象牙白玉,香气文静,但有点甜俗,为上海长三堂子的"倌人"所喜,因为听说白兰花要到夜间枕上才格外地香。我觉得红"倌人"的枕上之花,不如船娘髻边花更为刺激。

夏天的花里最为幽静的是珠兰。

牵牛花短命。早晨沾露才开,午时即已萎谢。

秋葵也命薄。瓣淡黄,白心,心外有紫晕。风吹薄瓣,楚楚可怜。

凤仙花有单瓣者,有重瓣者。重瓣者如小牡丹,凤仙花茎粗肥,湖南人用以腌"臭咸菜",此吾乡所未有。

马齿苋、狗尾巴草、益母草,都长得非常旺盛。

淡竹叶开浅蓝色小花,如小蝴蝶,很好看。叶片微似竹叶而较柔软。

"万把钩"即苍耳。因为结的小果上有许多小钩,碰到它就会挂在衣服上,得小心摘去,所以孩子叫它"万把钩"。

我们那里有一种"巴根草",贴地而长,见缝扎根,一棵草蔓延开来,长了很多根,横的,竖的,一大片。而且非常顽强,拉扯不断。很小的孩子就会唱:

> 巴根草,
> 绿茵茵,
> 唱个唱,
> 把狗听。

最讨厌的是"臭芝麻"。掏蟋蟀、捉金铃子,常常沾了一裤腿。其臭无比,很难除净。

西瓜以绳络悬之井中,下午剖食,一刀下去,喀嚓有声,凉气四溢,连眼睛都是凉的。

天下皆重"黑籽红瓤",吾乡独以"三白"为贵:白皮、白瓤、白籽。"三白"以东墩产者最佳。

香瓜有:牛角酥,状似牛角,瓜皮淡绿色,刨去皮,则瓜肉浓绿,籽赤红,味浓而肉脆,北京亦有,谓之"羊角蜜";虾蟆酥,不甚甜而脆,嚼之有黄瓜香;梨瓜,大如拳,白皮、白瓤,生脆有梨香;有一种较大,皮色如虾蟆,不甚甜,而极"面",孩子们称之为"奶奶哼",说奶奶一边吃,一边"哼"。

蝈蝈,我的家乡叫做"叫蚰子"。叫蚰子有两种。一种叫"侉叫蚰子",那真是"侉",跟一个叫驴子似的,叫起来"咶咶咶咶"很吵人。喂它一点辣椒,更吵得厉害。一种叫"秋叫蚰子",全身碧绿如玻璃翠,小巧玲珑,鸣声亦柔细。

别出声,金铃子在小玻璃盒子里爬哪!它停下来,吃两口食,——鸭梨切成小骰子块。于是它叫了"丁铃铃铃"……

乘凉。

搬一张大竹床放在天井里,横七竖八一躺,浑身爽利,暑气全消。看月华。月华五色晶莹,变幻不定,非常好看。月亮周围有了一个模模糊糊的大圆圈,谓之"风圈",近几天会刮风。"乌猪子过江了"——黑云漫过天河,要下大雨。

一直到露水下来,竹床子的栏杆都湿了,才回去,这时已经很困了,才沾藤枕(我们那里夏天都枕藤枕或漆枕),已入梦乡。

鸡头米老了,新核桃下来了,夏天就快过去了。

* 本篇原载《大家》1994年第六期;初收《汪曾祺全集》第六卷,北京师范大学出版社,1998年8月。

一　技*

珠　花

　　北门口有一家穿珠花的。我小时候,妇女出客都还兴戴珠花。每次放学路过,我总愿意到这家穿珠花的作坊里去看看。铺面很小,只有一个老师傅带两个徒弟做活。老师傅手艺非常熟练。穿珠花一般都是小珠子,——米珠。偶尔有定珠花的人家从自己家里拿来大珠子,比如听说有一个叫汪炳的,他娶亲时新娘子鞋尖的四颗珍珠有豌豆大!一般都没有用这样大的珠子穿珠花的,那得做别的用处,比如钉在"帽勒子"上。老师傅用小镊子拈起一颗一颗米珠,用细铜丝一穿,这种细铜丝就叫做"花丝"。看也不看,就穿成了一串,放在一边(我到现在还不明白那么小的珠子怎样打的孔)。珠串做齐,把花丝扭在一起,左一别,右一别,加上铜托,一朵珠花就做成了。珠花有几种式样,以

"凤穿牡丹"、"丹凤朝阳"最多。

现在戴珠花的几乎没有了,只有戏曲旦角演员的"头面"上还用。但大都是玻璃料珠。用真的"珍珠头面"的,恐怕很少了。

发蓝点翠

"发蓝"是在银首饰(主要是簪子)上,錾出花纹,在花纹空处,填以珐琅彩料,用吹管(这种吹管很简单,只是一个豆油灯碗,放七八根灯草,用一根铜管呼呼地吹)吹得珐琅彩料与银器熔为一体,略经打磨,碱水洗净,即成。

"点翠"是把翠鸟的翅羽剪成小片,按首饰的需要,嵌在银器里,加热,使"翠"不致脱落,即可。

齐白石题画翠鸟:"羽毛可取"。翠鸟毛的颜色确实无可代替。但是现在旦角头面没有"点翠"的,大都是化学药品染制的绸料贴上去的了。

真的点翠现在还不难见到,十三陵定陵皇后的凤冠就是点翠的。不过大概是复制品,不是原物。

葡 萄 常

葡萄常三姐妹都没有嫁人。她们做的葡萄(做为摆设)别的倒也没有什么稀奇:都是玻璃吹出来的,很像,颜色有紫红的,绿的;特异处在葡萄皮外面挂着一层轻轻的粉,跟真葡萄一样。这层薄薄的粉是怎么弄上去的?——常家不是刷上去或喷上去的。多少做玩器的都捉摸过,捉摸不出来。这是常家的独得之秘,不外传。这样,才博得"葡萄常"的名声。

常家三姐妹相继去世:"葡萄常"从此绝矣。

* 本篇原与《夏天》一起以《夏天(外一篇)》为题载《大家》1994年第六期;初收《汪曾祺全集》第六卷,北京师范大学出版社,1998年8月。

果蔬秋浓*

中国人吃东西讲究色香味。关于色味,我已经写过一些话,今只说香。

水果店

江阴有几家水果店,最大的是正街正对寿山公园的一家,水果多,个大,饱满,新鲜。一进门,扑鼻而来的是浓浓的水果香。最突出的是香蕉的甜香。这香味不是时有时无,时浓时淡,一阵一阵的,而是从早到晚都是这么香,一种长在的、永恒的香。香透肺腑,令人欲醉。

我后来到过很多地方,走进过很多水果店,都没有这家水果店的浓厚的果香。这家水果店的香味使我常常想起,永远不忘。

那年我正在恋爱,初恋。

果蔬秋浓

今天的活是收萝卜。收萝卜是可以随便吃的——有些果品不能随便吃,顶多尝两个,如二十世纪明月(梨)、柔丁香(葡萄),因为产量太少了,很金贵。萝卜起出来,堆成小山似的。农业工人很有经验,一眼就看出来,这是一般的,过了磅卖出去;这几个好,留下来自己吃。不用刀,用棒子打它一家伙,"棒打萝卜"嘛。喀嚓一声,萝卜就裂开了。萝卜香气四溢,吃起来甜、酥、脆。我们种的是心里美。张家口这地方的水土好像特别宜于萝卜之类作物生长,苤蓝有篮球大,疙瘩白(圆白菜)像一个小铜盆。萝卜多汁,不艮,不辣。

红皮小水萝卜,生吃也很好(有萝卜我不吃水果),我的家乡叫作"杨花萝卜",因为杨树开花时卖。过了那几天就老了。小红萝卜气味清香。

江青一辈子只说过一句正确的话:"小萝卜去皮,真是煞风景!"我们有时陪她看电影,开座谈会,听她东一句西一句地漫谈。开会都是半夜(她白天睡觉,夜里办公),会后有一点夜宵。有时有凉拌小萝卜。人民大会堂的厨师特别巴结,小萝卜都是削皮的。萝卜去皮,吃起来不香。

南方的黄瓜不如北方的黄瓜,水叽叽的,吃起来没有黄瓜香。

都爱吃夏初出的顶花带刺的嫩黄瓜,那是很好吃,一咬满口香。嫩黄瓜最好攥在手里整咬,不必拍,更不宜切成细丝。但也有人爱吃二茬黄瓜——秋黄瓜。

呼和浩特有一位老八路,官称"老李森"。此人保留了很多农民的习惯,说起话来满嘴粗话。我们请他到宾馆里来介绍情况,他脱下一只袜子来,一边摇着这只袜子,一边谈,嘴里隔三句就要加一个"我操你妈!"他到一个老朋友曹文玉家来看我们。曹家院里有几架自种的黄瓜,他进门就摘了两条嚼起来。曹文玉说:"你洗一洗!"——"洗它做啥!"

我老是想起这两句话:"宁吃一斗葱,莫逢屈突通。"这两句话大概出自杨升庵的《古谣谚》。屈突通不知是什么人,印象中好像是北朝的一个很凶恶的武人。读书不随手作点笔记,到要用时就想不起来了。我为什么老是要想起这两句话呢?因为我每天都要吃葱,爱吃葱。

"小葱拌豆腐——一青(清)二白",每年小葱下来时我都要吃几次小葱拌豆腐。盐,香油,少量味精。

羊角葱蘸酱卷煎饼。

再过几天,新葱——新鲜的大葱就下来了。

我在1958年定为右派,尚未下放,曾在西山八大处干了一阵活,为大葱装箱。是山东大葱,出口的,可能是出口到东南亚的。这样好的大葱我真没有见过,葱白够一尺长,粗如擀面杖。我们的任务是把大葱在木箱里码整齐,钉上木板。闻得出来,这大葱味甜不辣,很香。

新山药(土豆,马铃薯)快下山来了,新山药入大笼蒸熟,一揭屉盖,喷香!山药说不上有什么味道,可是就是有那么一种新山药气。羊肉卤蘸莜面卷,新山药,塞外美食。

苤蓝,茄子,口外都可生吃。

逐　臭

"臭豆腐、酱豆腐,王致和的臭豆腐!"过去卖臭豆腐、酱豆腐是由小贩担子沿街串巷吆喝着卖的。王致和据说是有这么个人的。皖南屯溪人,到北京来赶考,不中,穷困落魄,流落在北京,百无聊赖,想起家乡的臭豆腐,遂依法炮制,沿街叫卖,生意很好,干脆放弃功名,以此为生。这个传说恐怕不可靠,一个皖南人跑到北京来赶考,考的是什么功名?无此道理。王致和臭豆腐家喻户晓,世代相传,现在成了什么"集团",厂房很大,但是商标仍是"王致和"。王致和臭豆腐过去卖得很便宜,是北京最便宜的一种贫民食品,都是用筷子夹了卖,现在改用方瓶码装,卖得很贵,成了奢侈品。

有一个侨居美国的老人,晚年不断地想北京的臭豆腐,再来一碗热汤面,此生足矣。这个愿望本不难达到,但是臭豆腐很臭,上飞机前检查,绝对通不过,老华人恐怕将带着他的怀乡病,抱恨以终。

臭豆腐闻起来臭,吃起来香。有一位女同志,南京人。爱人到南京出差,问她要带什么东西。——"臭豆腐"。她爱人买了一些,带到火车上。一车厢都大叫:"这是什么味道?什么味道!"我们在长沙,想尝尝毛泽东在火宫殿吃过的臭豆腐,循味跟踪,臭味渐浓,"快了,快到了,闻到臭味了嘛!"到了跟前,是一个公共厕所!据说毛泽东曾特意到火宫殿去吃了一次臭豆腐,说了一句话:"火宫殿的臭豆腐还是好吃!""文化大革命"中,这就成了一条"最新指示",用油漆写在火宫殿的照壁上。

其实油炸臭豆腐干不只长沙有。我在武汉、上海、南京,都吃过。昆明的是烤臭豆腐,把臭油豆干放在下置炭火的铁笼子上烤。南京夫子庙卖油炸臭豆腐干用竹签子串起来,十个一串,像北京的冰糖葫芦似的。穿了薄纱的旗袍或连衣裙的女郎,描眉画眼,一人手里拿了两三串臭豆腐,边走边吃,也是一种景观,他处所无。

吃臭,不只中国有,外国也有,我曾在美国吃过北欧的臭启司。招待我们的诗人保罗·安格尔,以为我吃不来这种东西。我连王致和臭豆腐都能整块整块地吃,还在乎什么臭启司!待老夫吃一个样儿叫你们见识见识!

不臭不好吃,越臭越好吃,口之于味并不都是"有同嗜焉"。

一九九六年三月二十七日

* 本篇原载《小说》1996年第四期;初收《汪曾祺全集》第六卷,北京师范大学出版社,1998年8月。

颜色的世界*

鱼肚白

珍珠母

珠灰

葡萄灰(以上皆天色)

大红

朱红

牡丹红

玫瑰红

胭脂红

干红(《水浒》等书动辄言"干红",不知究竟是怎样的红)

浅红

粉红

水红

单衫杏子红

霁红(釉色)

豇豆红(粉绿地泛出豇豆红,釉色,极娇美)

天蓝

湖蓝

春水碧于蓝

雨过天青云破处(釉色)

鸭蛋青

葱绿

鹦哥绿

孔雀绿

松耳石

"嘎巴绿"

明黄

赭黄

土黄

藤黄(出柬埔寨者佳)

梨皮黄(釉色)

杏黄

鹅黄

老僧衣

茶叶末

芝麻酱(以上皆釉色,甚肖)

世界充满了颜色

一九九六年三月二十七日

* 本篇原载《小说》1996年第四期;初收《汪曾祺全集》第六卷,北京师范大学出版社,1998年8月。

果园的收获*

这是一个地区性的综合的农业科学研究所的供实验研究用的果园,规模不大,但是水果品种颇多。有些品种是外面见不到的。

山西、张家口一带把苹果叫果子。不是所有的水果都叫果子,只有苹果叫果子。有个山西梆子唱"红"(即老生)的演员叫丁果仙,山西人称她为"果子红"(她是女的)。山西人非常喜爱果子红,听得过瘾,就大声喊叫"果果!",这真是有点特别,给演员喝彩,不是鼓鼓掌,或是叫一声"好"而是大叫"果果!",我还没有见过。叫"果果",大概因为丁果仙的嗓音唱法甜、美、浓、脆。

这个实验果园一般的苹果都有,有的品种,黄元帅、金皇后、黄魁、红香蕉……这些都比较名贵,但我觉得都有点贵族气,果肉过于细腻,而且过于偏甜。水果品种栽培各论,记录水果的特点,大都说是"酸甜合度",怎么叫"合度",

很难捉摸。我比较喜欢的是国光、红玉,因为它有点酸头。我更喜欢国光,因为果肉脆,一口咬下去,嘎叭一声,而且耐保鲜,因为果皮厚,果汁不易蒸发。秋天收的国光,储存到过春节,从地窖里取出来,还是像新摘的一样。

我在果园劳动的时候,"红富士"还没有,后来才引进推广。"红富士"固自佳,现在已经高踞苹果的榜首。

有人警告过我,在太原街上,千万不能说果子红不好。只要说一句,就会招了一大群人围上来和你辩论。碰不得的!

果园品种最多的是葡萄,大概有四十几种。"柔丁香"、"白香蕉"是名种。"柔丁香"有丁香香味,"白香蕉"味如香蕉,这在市面上买不到,是每年留下来给"首长"送礼的。有些品种听名字就知道是从国外引进的:"黑罕"、"巴勒斯坦"、"白拿破仑"……有些最初也是外来的(葡萄本都是外来的,但在中国落户已久,曹操就作文赞美过葡萄),日子长了,名字也就汉化了,如"大粒白"、"马奶子"、"玫瑰香",甚至连它们的谱系也难于查考了。葡萄的果粒大小形状各异。"玫瑰香"的果枝长,显得披头散发;有一种葡萄,我忘记了叫什么名字了,果粒小而密集,一粒一粒挤得紧紧的,一穗葡萄像一个白马牙老玉米棒子。葡萄里我最喜欢的还是玫瑰香,确实有一股玫瑰花的香味,入口浓甜。现在市上能买到的"玫瑰香"已退化失真。

葡萄喜肥,喜水。施的肥是大粪。挨着葡萄根,在后面挖一个长槽,把粪倒入进去。一棵大葡萄得倒三四桶,小棵的一桶也够了。"农家肥"之外,还得下人工肥,硫氨。葡萄喝水,像小孩子喝奶一样,使劲地嘬。葡萄藤中通有小孔,水可从地面一直吮到藤顶,你简直可以听到它吸水的声音。喝足了水,用小刀划破它一点皮,水就从皮破处沁出滴下。一般果树浇水,都是在树下挖一个"树碗",浇一两担水就足矣,葡萄则是"漫灌"。这家伙,真能喝水!

有一年,结了一串特大的葡萄,"大粒白"。大粒白本来就结得多,多的可达七八斤。这串大粒白竟有二十四五斤。原来是一个技术员把两穗"靠接"在一起了。这串葡萄只能作展览用。大粒白果大如乒乓球,但不好吃。为了给这串葡萄增加营养,竟给它注射了葡萄糖!给葡萄注射葡萄糖,这简直是胡闹。这是"大跃进"那年的事。"大跃进"整个是一场胡闹。

葡萄一天一个样,一天一天接近成熟,再给它透透地浇一次水,喷一次波尔多液(葡萄要喷多次波尔多液,——硫酸铜兑石灰水,为了防治病害),给它喝一口"离娘奶",备齐了果筐、剪子,就可以收葡萄了。葡萄装筐,要压紧。得几个壮汉跳上去压。葡萄不怕压,怕压不紧,怕松。装筐装松

了,一晃逛,就会破皮掉粒。水果装筐都是这样。

最怕葡萄收获的时候下雹子。有一年,正在葡萄透熟的时候下了一场很大的雹子,"蛋打一条线"——山西、张家口称雹子为"冷蛋",齐刷刷地把整园葡萄都打落下来,满地狼藉,不可收拾。干了一年,落得这样的结果,真是叫人伤心。

梨之佳种为"二十世纪明月",为"日面红"。"二十世纪明月"个儿不大,果皮玉色,果肉细,无渣,多汁,果味如蜜。"日面红"朝日的一面色如胭脂,背阳的一面微绿,入口酥脆。其他大部分是鸭梨。

杏树不甚为人重视,只于地头、"四基"、水边、路边种之。杏怕风。一树杏花开得正热闹,一阵大风,零落殆尽。农科所杏多为黄杏,"香白杏"、"杏儿——吧哒"没有。

我一九五八年在果园劳动,距今已经三十八年。前十年曾到农科所看了看,熟人都老了。在渠沿碰到张素花和刘美兰,我们以前是天天在一起劳动的。我叫她们,刘美兰手搭凉篷,眯了眼,问:"是不是个老汪?"问刘美兰现在还老跟丈夫打架吗(两口子过去老打),她说:"(她是柴沟堡人,

"我"字念成)都当了奶奶了!"

日子过得真快。

一九九六年四月九日

* 本篇原载《汪曾祺全集》第六卷,北京师范大学出版社,1998年8月。

彩云聚散[*]

蕉叶白

我的祖父有几件心爱的宝贝,一到"闹兵荒",就叫我的父亲用油布包好,埋在我母亲病逝前住的一个小院的地下,把小院的门用砖砌死。一是《云麾将军碑》;一是一块蕉叶白大端砚。还有一件是什么东西我不记得了。《云麾将军碑》是初拓本。流传的《云麾将军碑》都有残缺,此帖一字不残,当是宋拓,为海内孤本,故极珍贵。"蕉叶白"我没有见过,据父亲说是浅绿色的,难得的是叶脉纹理都是自然生成的,放在桌上,和一片芭蕉叶一模一样。这几件东西都是祖父从十八鹤来堂夏家的后人手里买下的。十八鹤来堂是夏之蓉的堂。夏之蓉是本县名臣,他做过多大的官我不甚了然,只知道他是桐城派古文大家,我小时曾背过他的一两篇文章。据说他建造厅堂时飞来十八只仙鹤,遂以"鹤来"作为堂名。夏之蓉死后,夏家逐渐衰败,后人只得靠变卖祖产为生。蕉叶白、《云麾将军碑》就是一次卖给我的祖父的。同时买进的还有几大箱碑帖。有些碑帖其实是很珍贵的,夏家后人都不当一回事!我小时临过褚河南的《圣教序》,就是祖父从大箱子里挑选出来给我的。我到现在写的字还有点褚河南的笔意,真是令人感慨……

《云麾将军碑》一直在我父亲那里。我曾写信给父亲让他把《云麾将军碑》寄到北京来由我保存,父亲说他要捐献给政府,那还有什么说的呢。"蕉叶白"本在我的一个异母弟弟手里,不知道被他弄到哪里去了。

田 黄

我父亲有三块田黄图章,都不大。一块是方的,一块是长方的,一块将就石料,不成形,都恬润似鸡油。数这块不成形的值钱,因为有文三桥刻的边款——印文叫一个不识货的无知的人磨去了,很可惜。我父亲对这三块图章极为珍视,自己用玻璃条做了一个盒子,把三块图章嵌在底座上,置之案头,随时观赏。屡经变乱,无法重问这三块田黄的下落了。

我们那里特重鸡血,一般索价比田黄还高,然亦视石地与"血"的颜色而大有高低。凡品并不难得。兴化有两方名

闻远近的鸡血章,地子是藕粉地,极纯静,"血"不散乱,映着日光,从近乎透明的底子外面,可以清楚地看到两石各有鲜血似地一滴血,正在往下滴。我父亲曾专到兴化,去看过这两块鸡血章,终因价钱过高,没有买,事后觉得非常可惜。

珍　珠

我有一个堂叔在本家中是比较有钱的,他结婚时新娘子的鞋尖上缀的两颗珍珠有指头顶大。他的家产都被他从鸦片烟枪里抽掉了。他抽鸦片瘾很大,穷得什么都没有了,到鸦片烟馆里,只能在地下铺一张席子,枕一块砖头,就是这样,他还不自己烧烟,得有人烧了烟泡,给他装在斗上。

"人老珠黄",珠子老了,就失去容光,不值钱了。但老珠子有老珠子的用处,入药。我父亲合眼药,要用珍珠,而且还是要用人戴过的。父亲跟我祖母要去她的帽子上的珍珠。我们家几代家传看眼科,父亲熬眼药极虔诚,三天前就沐浴。熬制时把自己关在小花园内,不跟人接触。他的眼药里还有熊胆之类的名贵药材。

---

* 本篇原载《中国珠宝首饰》1996年第三期;初收《汪曾祺全集》第六卷,北京师范大学出版社,1998年8月。

北京的秋花*

桂　花

桂花以多为胜。《红楼梦》薛蟠的老婆夏金桂家"单有几十顷地种桂花",人称"桂花夏家"。"几十顷地种桂花",真是一个大观！四川新都桂花甚多。杨升庵祠在桂湖,环湖植桂花,自山坡至水湄,层层叠叠,都是桂花。我到新都谒升庵祠,曾作诗：

> 桂湖老桂发新枝,
> 湖上升庵旧有祠。
> 一种风流谁得似,
> 状元词曲罪臣诗。

杨升庵是才子,以一甲一名中进士,著作有七十种。他

因"议大礼"获罪,充军云南,七十余岁,客死于永昌。陈老莲曾画过他的像,"醉则簪花满头",面色酡红,是喝醉了的样子。从陈老莲的画像看,升庵是个高个儿的胖子。但陈老莲恐怕是凭想象画的,未必即像升庵。新都人为他在桂湖建祠,升庵死者有知,亦当欣慰。

北京桂花不多,且无大树。颐和园有几棵,没有什么人注意。我曾在藻鉴堂小住,楼道里有两棵桂花,是种在盆里的,不到一人高!

我建议北京多种一点桂花。桂花美荫,叶坚厚,入冬不凋。开花极香浓,干制可以做元宵馅、年糕。既有观赏价值,也有经济价值,何乐而不为呢?

菊 花

秋季广交会上摆了很多盆菊花。广交会结束了,菊花还没有完全开残。有一个日本商人问管理人员:"这些花你们打算怎么处理?"答云:"扔了!"——"别扔,我买。"他给了一点钱,把开得还正盛的菊花全部包了,订了一架飞机,把菊花从广州空运到日本,张贴了很大的海报:"中国菊展"。卖门票,参观的人很多。他捞了一大笔钱。这件事叫我有两点感想:一是日本商人真有商业头脑,任何赚钱的机会都不放过,我们的管理人员是老爷,到手的钱也抓不住。二是中国的菊花好,能得到日本人的赞赏。

中国人长于艺菊,不知始于何年,全国有几个城市的菊花都负盛名,如扬州、镇江、合肥,黄河以北,当以北京为最。

菊花品种甚多,在众多的花卉中也许是最多的。

首先,有各种颜色。最初的菊大概只有黄色的。"鞠有黄华"、"零落黄花满地金","黄华"和菊花是同义词。后来就发展到什么颜色都有了。黄色的、白色的、紫的、红的、粉的,都有。挪威的散文家别伦·别尔生说各种花里只有菊花有绿色的,也不尽然,牡丹、芍药、月季都有绿的,但像绿菊那样绿得像初新的嫩蚕豆那样,确乎是没有。我几年前回乡,在公园里看到一盆绿菊,花大盈尺。

其次,花瓣形状多样,有平瓣的、卷瓣的、管状瓣的。在镇江焦山见过一盆"十丈珠帘",细长的管瓣下垂到地,说"十丈"当然不会,但三四尺是有的。

北京菊花和南方的差不多,狮子头、蟹爪、小鹅、金背大红……南北皆相似,有的连名字也相同。如一种浅红的瓣,极细而卷曲如一头乱发的,上海人叫它"懒梳妆",北京人也叫它"懒梳妆",因为得其神韵。

有些南方菊种北京少见。扬州人重"晓色",谓其色如初日晓云,北京似没有。"十丈珠帘",我在北京没见过。"枫

叶芦花"，紫平瓣，有白色斑点，也没有见过。

我在北京见过的最好的菊花是在老舍先生家里。老舍先生每年要请北京市文联、文化局的干部到他家聚聚，一次是腊月，老舍先生的生日（我记得是腊月二十三）；一次是重阳节左右，赏菊。老舍先生的哥哥很会莳弄菊花。花很鲜艳；菜有北京特点（如芝麻酱炖黄花鱼、"盒子菜"）；酒"敞开供应"，既醉既饱，至今不忘。

我不赞成搞菊山菊海，让菊花都按部就班，排排坐，或挤成一堆，闹闹嚷嚷。菊花还是得一棵一棵地看，一朵一朵地看。更不赞成把菊花缚扎成龙、成狮子，这简直是糟蹋了菊花。

秋葵、鸡冠、凤仙、秋海棠

秋葵我在北京没有见过，想来是有的。秋葵是很好种的，在篱落、石缝间随便丢几个种子，即可开花。或不烦人种，也能自己开落。花瓣大、花浅黄，淡得近乎没有颜色，瓣有细脉，瓣内侧近花心处有紫色斑。秋葵风致楚楚，自甘寂寞。不知道为什么，秋葵让我想起女道士。秋葵亦名鸡脚葵，以其叶似鸡爪。

我在家乡县委招待所见一大丛鸡冠花，高过人头，花大如扫地笤帚，颜色深得吓人一跳。北京鸡冠花未见有如此之粗野者。

凤仙花可染指甲，故又名指甲花。凤仙花捣烂，入少矾，敷于指尖，即以凤仙叶裹之，隔一夜，指甲即红。凤仙花茎可长得很粗，湖南人或以入臭坛腌渍，以佐粥，味似臭苋菜秆。

秋海棠北京甚多，齐白石喜画之。齐白石所画，花梗颇长，这在我家那里叫做"灵芝海棠"。诸花多为五瓣，惟秋海棠为四瓣。北京有银星海棠，大叶甚坚厚，上洒银星，杆亦高壮，简直近似木本。我对这种孙二娘似的海棠不大感兴趣。我所不忘的秋海棠总是伶仃瘦弱的。我的生母得了肺病，怕"过人"——传染别人，独自卧病，在一座偏房里，我们都叫那间小屋为"小房"。她不让人去看她，我的保姆要抱我去让她看看，她也不同意。因此我对我的母亲毫无印象。她死后，这间"小房"成了堆放她的嫁妆的储藏室，成年锁着。我的继母偶尔打开，取一两件东西，我也跟了进去。"小房"外面有一个小天井，靠墙有一个秋叶形的小花坛，不知道是谁种了两三棵秋海棠，也没有人管它，它到秋天竟也开花。花色苍白，样子很可怜。不论在哪里，我每看到秋海棠，总要想起我的母亲。

黄栌、爬山虎

霜叶红于二月花。

西山红叶是黄栌,不是枫树。我觉得不妨种一点枫树,这样颜色更丰富些。日本枫娇红可爱,可以引进。

近年北京种了很多爬山虎,入秋,爬山虎叶转红。

沿街的爬山虎红了。

北京的秋意浓了。

一九九六年中秋

* 本篇原载1996年10月28日《北京晚报》;初收《汪曾祺全集》第六卷,北京师范大学出版社,1998年8月。

草木春秋*

木芙蓉

浙江永嘉多木芙蓉。市内一条街边有一棵,干粗如电线杆,高近二层楼,花多而大,他处少见。楠溪江边的村落,村外、路边的茶亭(永嘉多茶亭,供人休息、喝茶、聊天)檐下,到处可以看见芙蓉。芙蓉有一特别处,红白相间。初开白色,渐渐一边变红,终至整个的花都是桃红的。花期长,掩映于手掌大的浓绿的叶丛中,欣然有生意。

我曾向永嘉市领导建议,以芙蓉为永嘉市花,市领导说永嘉已有市花,是茶花。后来听说温州选定茶花为温州市花,那么永嘉恐怕得让一让。永嘉让出茶花,永嘉市花当另选。那么,芙蓉被选中,还是有可能的。

永嘉为什么种那么多木芙蓉呢?问人,说是为了打草鞋。芙蓉的树皮很柔韧结实,剥下来撕成细条,打成草鞋,穿起来很舒服,且耐走长路,不易磨通。

现在穿树皮编的草鞋的人很少了,大家都穿塑料凉鞋、旅游鞋。但是到处都还在种木芙蓉,这是一种习惯。于是芙蓉就成了永嘉城乡一景。

南瓜子豆腐和皂角仁甜菜

在云南腾冲吃了一道很特别的菜。说豆腐脑不是豆腐脑,说鸡蛋羹不是鸡蛋羹。滑、嫩、鲜,色白而微微带点浅绿,入口清香。这是豆腐吗?是的,但是用鲜南瓜子去壳磨细"点"出来的。很好吃。中国人吃菜真能别出心裁,南瓜子做成豆腐,不知是什么朝代,哪一位美食家想出来的!

席间还有一道甜菜,冰糖皂角米。皂角我的家乡颇多。一般都用来泡水,洗脸洗头,代替肥皂。皂角仁蒸熟,妇女绣花,把线在皂仁上"光"一下,绒不散,且光滑,便于入针。没有吃它的。到了昆明,才知道这东西可以吃。昆明过去有专卖蒸菜的饭馆,蒸鸡、蒸排骨,都放小笼里蒸,小笼垫底的是皂角仁,蒸得了晶莹透亮,嚼起来有韧劲,好吃。比用红薯、土豆衬底更有风味。但知道可以做甜菜,却是在腾冲。这东西很滑,进口略不停留,即入肠胃。我知道皂角仁的"物性",警告大家不可多吃。一位老兄吃得口爽,弄了一饭碗,几口就喝了。未及终席,他就奔赴厕所,飞流直下起来。

皂角仁卖得很贵,比莲子、桂圆、西米都贵,只有卖干果、山珍的大食品店才有得卖,普通的副食店里是买不到的。

近几年时兴"皂角洗发膏",皂角恢复了原来的功能,这也算是"以故为新"吧。

车 前 子

车前子的样子很有趣。叶贴地而长,近卵形,有长柄。在自由伸向四面的叶丛中央抽出细长的花梗,顶端有穗形花序,直立着。穗不多,少的只有一穗。画家常画之为点缀。程十发即喜画。动画片中好像少不了它。不知道为什么,这东西有一种童话情趣。

车前子可利小便,这是很多农民都知道的。

张家口的山西梆子剧团有一个唱"红"(老生)的演员,经常在几县的"堡"(张家口人称镇为"堡")演唱,不受欢迎,农民给他起了个外号:"车前子"。怎么给他起了这么个外号呢?因为他一出台,农民观众即纷纷起身上厕所,这位"红"利小便。

这位唱"红"的唱得起劲,观众就大声喊叫:"快去,快,

赶紧拿咸菜!"这又是怎么回事呢?吃白薯吃得太多了,烧心反胃,嚼一块咸菜就好了。这位演员的嗓音叫人听起来烧心。

农民有时是很幽默的。

搞艺术的人千万不能当"车前子",不能叫人烧心反胃。

紫 穗 槐

在戴了"右派分子"的帽子以后,我曾经被发到西山种树。在石多土少的山头用镢头刨坑。实际上是在石头上硬凿出一个一个的树坑来,再把凿碎的砂石填入,用九齿耙耧平。山上寸土寸金,树坑就山势而凿,大小形状不拘。这是个非常重的活。我成了"右派"后所从事的劳动,以修十三陵水库和这次西山种树的活最重。那真是玩了命。

一早,就上山,带两个干馒头、一块大腌萝卜。顿顿吃大腌萝卜,这不是个事。已经是秋天了,山上的酸枣熟了,我们摘酸枣吃。草里有蝈蝈,烧蝈蝈吃!蝈蝈得是三尾的,腹大,多子。一会儿就能捉半土筐。点一把火,把蝈蝈往火里一倒,劈劈剥剥,熟了。咬一口大腌萝卜,嚼半个烧蝈蝈,就馒头,香啊。人不管走到哪一步,总得找点乐子,想一点办法,老是愁眉苦脸的,干吗呢!

我们刨了坑,放着,当时不种,得到明年开了春,再种。

据说要种的是紫穗槐。

紫穗槐我认识,枝叶近似槐树,抽条甚长,初夏开紫花,花似紫藤而颜色较紫藤深,花穗较小,瓣亦稍小。风摇紫穗,姗姗可爱。

紫穗槐的枝叶皆可为饲料,牲口爱吃,上膘。条可编筐。

刨了约二十多天树坑,我就告别西山八大处回原单位等候处理,从此再也没有上过山。不知道我们刨的那些坑里种上紫穗槐了没有。再见,紫穗槐!再见,大腌萝卜!再见,蝈蝈!

阿格头子灰背青

> 敕勒川,
> 阴山下。
> 天似穹庐,
> 笼盖四野。
> 天苍苍,
> 野茫茫,
> 风吹草低见牛羊。

北齐斛律金这首用鲜卑语唱的歌公认是北朝乐府的杰

作，写草原诗的压卷之作，苍茫雄浑，前无古人，后无来者。一千多年以来，不知道有多少"南人"，都从"风吹草低见牛羊"一句诗里感受到草原景色，向往不置。

但是这句诗有夸张成分，是想象之词。真到草原去，是看不到这样的景色的。我曾四下内蒙，到过呼伦贝尔草原、达茂旗的草原、伊克昭盟的草原，还到过新疆的唐巴拉牧场，都不曾见过"风吹草低见牛羊"。张家口坝上沽源的草原的草，倒是比较高，但也藏不住牛羊。论好看，要数沽源的草原好看。草很整齐，叶细长，好像梳过一样，风吹过，起伏摇摆如碧浪。这种草是什么草？问之当地人，说是"碱草"，我怀疑这可能是"草菅人命"的"菅"。"碱草"的营养价值不是很高。

营养价值高的牧草有阿格头子、灰背青。

陪同我们的老曹唱他的爬山调：

阿格头子灰背青，
四十五天到新城。

他说灰背青叶子青绿而背面是灰色的。"阿格头子"是蒙古话。他拔起两把草叫我们看，且问一个牧民：

"这是阿格头子吗？"

"阿格！阿格！"

这两种草都不高，也就三四寸，几乎是贴地而长。叶片肥厚而多汁。

"阿格头子灰背青，四十五天到新城。"老曹年轻时拉过骆驼，从呼和浩特驮货到新疆新城，一趟得走四十五天。那么来回就得三个月。在多见牛羊少见人的大草原上拉着骆驼一步一步地走，这滋味真难以想象。

老曹是个有趣的人。他的生活知识非常丰富，大青山的药材、草原上的草，他没有不认识的。他知道很多故事，很会说故事。单是狼，他就能说一整天。都是实在经验过的，并非道听途说。狼怎样逗小羊玩，小羊高了兴，跳起来，过了圈羊的荆笆，狼一口就把小羊叼走了；狼会出痘，老狼把出痘子的小狼用沙埋起来，只露出几个小脑袋；有一个小号兵掏了三只小狼羔子，带着走，母狼每晚上跟着部队，哭，后来怕暴露部队目标，队长说服小号兵把小狼放了……老曹好说，能吃，善饮，喜交游。他在大青山打过游击，山里的堡垒户都跟他很熟，我们的吉普车上下山，他常在路口叫司机停一下，找熟人聊两句，帮他们买拖拉机，解决孩子入学……。我们后来拜访了布赫同志，提起老曹，布赫同志说："他是个红火人。""红火人"这样的说法，我在别处没有听见过。但是用之于老曹身上，很合适。

老曹后来在呼市负责林业工作。他曾到大兴安岭调查，购买树种，吃过犴鼻子（他说犴鼻子黏性极大，吃下一块，上下牙粘在一起，得使劲张嘴，才能张开。他做了一个当时使劲张嘴的样子，很滑稽）、飞龙。他负责林业时主要的业绩是在大青山山脚至市中心的大路两侧种了杨树，长得很整齐健旺。但是他最喜爱的是紫穗槐，是个紫穗槐迷，到处宣传紫穗槐的好处。

"文化大革命"，内蒙大搞"内人党"问题，手段极其野蛮残酷，是全国少有的重灾区。老曹在劫难逃。他被捆押吊打，打断了踝骨。后经打了石膏，幸未致残，但是走起路来一拐一拐的。他还是那么"红火"，健谈豪饮。

老曹从小家贫，"成分"不高。他拉过骆驼，吃过很多苦。他在大青山打过游击，无历史问题，为什么要整他，要打断他的踝骨？为什么？

阿格头子灰背青，
四十五天到新城。

花和金鱼

从东珠市口经三里河、河舶厂，过马路一直往东，是一条横街。这是北京的一条老街了。也说不上有什么特点，只是有那么一种老北京的味儿。有些店铺是别的街上没有的。有一个每天卖豆汁儿的摊子，卖焦圈儿、马蹄烧饼，水疙瘩丝切得细得像头发。这一带的居民好像特别爱喝豆汁儿，每天晌午，有一个人推车来卖，车上搁一个可容一担水的木桶，木桶里有多半桶豆汁儿。也不吆喝，到时候就来了，老太太们准备好了坛坛罐罐等着。马路东有一家卖鞭哨、皮条、网绳等等骡车马车上用的各种配件。北京现在大车少了，来买的多是河北人。看了店堂里挂着的挺老长的白色的皮条、两股坚挺的竹子拧成的鞭哨，叫人有点说不出来的感动。有一家铺子在一个高台阶上，门外有一块小匾，写着"惜阴斋"。这是卖什么的呢？我特意上了台阶走进去看了看：是专卖老式木壳自鸣钟、怀表的，兼营擦洗钟表油泥、修配发条、油丝。"惜阴"用之于钟表店，挺有意思，不知是哪位一方名士给写的匾。有一个茶叶店，也有一块匾："今雨茶庄"（好几个人问过我这是什么意思）。其实这是一家夫妻店，什么"茶庄"！

两口子，有五十好几了，经营了这么个"茶庄"。他们每天的生活极其清简。大妈早起撒炉子、升火、坐水、出去买菜。老爷子扫地，擦拭柜台，端正盆花金鱼。老两口都爱养花、养鱼。鱼是龙睛，两条大红的，两条蓝的（他们不爱什么也都有品,如"铁棒打三桃",——白猫黑尾,身有三块桃形的黑斑;"雪里拖枪";黑猫、白猫、黄猫、狸猫……

我觉得不论叫什么名堂的猫,都不好看。

只有一次,在昆明,我看见过一只非常好看的小猫。

这家姓陈,是广东人。我有个同乡,姓朱,在轮船上结识了她们,母亲和女儿,攀谈起来。我这同乡爱和漂亮女人来往。她的女儿上小学了。女儿很喜欢我,爱跟我玩。母亲有一次在金碧路遇见我们,邀我们上她家喝咖啡。我们去了。这位母亲已经过了三十岁了,人很漂亮,身材高高的,腿很长。她看人眼睛眯眯的,有一种恍恍惚惚的成熟的美。她斜靠在长沙发的靠枕上,神态有点慵懒。在她脚边不远的地方,有一个绣墩,绣墩上一个墨绿色软缎圆垫上卧着一只小白猫。这猫真小,连头带尾只有五六寸,雪白的,白得像一团新雪。这猫也是懒懒的,不时睁开蓝眼睛顾盼一下,就又闭上了。屋里有一盆很大的素心兰,开得正好。好看的女人、小白猫、兰花的香味,这一切是一个梦境。

猫的最大的劣迹是交配时大张旗鼓地嗥叫。有的地方叫做"猫叫春",北京谓之"闹猫"。不知道是由于快感或痛感,郎猫女猫(这是北京人的说法,一般地方都叫公猫、母猫)一递一声,叫起来没完,其声凄厉,实在讨厌。鲁迅"仇猫",良有以也。有一老和尚为其叫声所扰,以至不能入定,乃作诗一首。诗曰：

> 春叫猫儿猫叫春，
> 看他越叫越来神。
> 老僧亦有猫儿意，
> 不敢人前叫一声。

一九九七年三月二十三日

* 本篇原载《汪曾祺全集》第六卷,北京师范大学出版社,1998年8月。

下 大 雨

雨真大。下得屋顶上起了烟。大雨点落在天井的积水里砸出一个一个丁字泡。我用两手捂着耳朵,又放开,听雨声:呜——哇;呜——哇。下大雨,我常这样听雨玩。

雨打得荷花缸里的荷叶东倒西歪。

在紫薇花上采蜜的大黑蜂钻进了它的家。它的家是在椽子上用嘴咬出来的圆洞,很深。大黑蜂是一个"人"过的。

紫薇花湿透了,然而并不被雨打得七零八落。

麻雀躲在檐下,歪着小脑袋。

蜻蜓倒吊在树叶的背面。

哈,你还在呀! 一只乌龟。这只乌龟是我养的。我在龟甲边上钻了一个洞,用麻绳系住了它,拴在柜橱脚上。有一天,不见了。它不知怎么跑出去了。原来它藏在老墙下面一块断砖的洞里。下大雨,它出来了。它昂起脑袋看雨,慢慢地爬到天井的水里。

* 本篇原载《收获》1998年第一期;初收《汪曾祺全集》第六卷,北京师范大学出版社,1998年8月。

草木虫鱼鸟兽

雁

"爬山调":"大雁南飞头朝西……"

诗人韩燕如告诉我,他曾经用心观察过,确实是这样。他惊叹草原人民对生活的观察的准确而细致。他说:"生活!生活!……"

为什么大雁南飞要头朝着西呢?草原上的人说这是依恋故土。"爬山调"是用这样的意思作比喻和起兴的。

"大雁南飞头朝西……"

河北民歌:"八月十五雁门开,孤雁头上带霜来……"

"孤雁头上带霜来",这写得多美呀!

琥 珀

我在祖母的首饰盒子里找到一个琥珀扇坠。一滴琥珀里有一只小黄蜂。琥珀是透明的,从外面可以清清楚楚地看到黄蜂。触须、翅膀、腿脚,清清楚楚,形态如生,好像它还活着。祖母说,黄蜂正在乱动,一滴松脂滴下来,恰巧把它裹住。松脂埋在地下好多年,就成了琥珀。祖母告诉我,这样的琥珀并非罕见,值不了多少钱。

后来我在一个宾馆的小卖部看到好些人造琥珀的首饰。各种形状的都有,都琢治得很规整,里面也都压着一个昆虫。有一个项链上的淡黄色的琥珀片里竟至压着一只蜻蜓。这些昆虫都很完整,不缺腿脚,不缺翅膀,但都是僵直的,缺少生气。显然这些昆虫是弄死了以后,精心地,端端正正地压在里面的。

我不喜欢这种里面压着昆虫的人造琥珀。

我的祖母的那个琥珀扇坠之所以美,是因为它是偶然形成的。

美,多少要包含一点偶然。

瓢　虫

瓢虫有好几种，外形上的区别是鞘翅上有多少星点。这种星点，昆虫学家谓之"星"。有七星瓢虫，十四星瓢虫，二十星瓢虫……。有的瓢虫是益虫，它吃蚜虫，是蚜虫的天敌；有的瓢虫是害虫，吃马铃薯的嫩芽。

瓢虫的样子是差不多的。

中国画里很早就有画瓢虫的了。通红的一个圆点，在绿叶上，很显眼，使画面增加了生趣。

齐白石爱画瓢虫。他用藤黄涂成一个葫芦，上面栖息了一只瓢虫，对比非常鲜明。王雪涛、许麟庐都画过瓢虫。

谁也没有数过画里的瓢虫身上有几个黑点，指出这只瓢虫是害虫还是益虫。

科学和艺术有时是两回事。

瓢虫像一粒用砵漆制成的小玩意。

北京的孩子（包括大人）叫瓢虫为"花大姐"，这个名字很美。

螃　蟹

螃蟹的样子很怪。

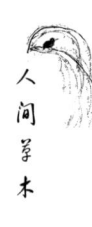

《梦溪笔谈》载:关中人不识螃蟹。有人收得一只干蟹,人家病疟,就借去挂在门上。——中国过去相信生疟疾是由于疟鬼作祟。门上挂了一只螃蟹,疟鬼不知道这是什么玩意,就不敢进门了。沈括说:不但人不识,鬼亦不识也。"不但人不识,鬼亦不识也",这说得很幽默!

　　在拉萨八角街一家卖藏药的铺子里看到一只小螃蟹,蟹身只有拇指大,金红色的,已经干透了,放在一只盘子里。大概西藏人也相信这只奇形怪状的虫子有某种魔力,是能治病的。

　　螃蟹为什么要横着走呢?

　　螃蟹的样子很凶恶,很奇怪,也很滑稽。

　　凶恶和滑稽往往近似。

豆　芽

　　朱小山去点豆子。地埂上都点了,还剩一把,他懒得带回去,就搬起一块石头,把剩下的豆子都塞到石头下面。过了些日子,朱小山发现:石头离开地面了。豆子发了芽,豆芽把石头顶起来了。朱小山非常惊奇。

　　朱小山为这件事惊奇了好多年。他跟好些人讲起过这件事。

　　有人问朱小山:"你老说这件事是什么意思?是要说明一种什么哲学吗?"

朱小山说:"不,我只是想说说我的惊奇。"

过了好些年,朱小山成了一个知名的学者,他回他的家乡去看看。他想找到那块石头。

他没有找到。

落　叶

漠漠春阴柳未青,
冻云欲湿上元灯。
行过玉渊潭畔路,
去年残叶太分明。

汽车开过湖边。
带起一群落叶。
落叶追着汽车,
一直追得很远。
终于没有力气了,
又纷纷地停下了。
"你神气什么?
还的的地叫!"
"甭理它。

咱们讲故事。"
"秋天,
早晨的露水……"

啄木鸟

啄木鸟追逐着雌鸟,
红胸脯发出无声的喊叫,
它们一翅飞出树林,
落在湖边的柳梢。
不知从哪里钻出一个孩子,
一声大叫。
啄木鸟吃了一惊,
他身边已经没有雌鸟。
不一会树林里传出啄木的声音,
他已经忘记了刚才的烦恼。

* 本篇〈雁〉〈琥珀〉〈瓢虫〉原载《大家》1998年第二期;与〈螃蟹〉〈豆芽〉〈落叶〉〈啄木鸟〉一并,以《草木虫鱼鸟兽》为题,初收《汪曾祺全集》第六卷,北京师范大学出版社,1998年8月。〈落叶〉曾以〈玉渊潭正月〉为题,编入《旅途(八首)》中,内容有改动,原载《汪曾祺自选集》,漓江出版社,1987年10月。

北京人的遛鸟*

遛鸟的人是北京人里头起得最早的一拨。每天一清早,当公共汽车和电车首班车出动时,北京的许多园林以及郊外的一些地方空旷、林木繁茂的去处,就已经有很多人在遛鸟了。他们手里提着鸟笼,笼外罩着布罩,慢慢地散步,随时轻轻地把鸟笼前后摇晃着,这就是"遛鸟"。他们有的是步行来的,更多的是骑自行车来的。他们带来的鸟有的是两笼——多的可至八笼。如果带七八笼,就非骑车来不可了。车把上、后座、前后左右都是鸟笼,都安排得十分妥当。看到它们平稳地驶过通向密林的小路,是很有趣的,——骑在车上的主人自然是十分潇洒自得,神清气朗。

养鸟本是清朝八旗子弟和太监们的爱好,"提笼架鸟"在过去是对游手好闲,不事生产的人的一种贬词。后来,这种爱好才传到一些辛苦忙碌的人中间,使他们能得到一些休息和安慰。我们常常可以在一个修鞋的、卖老豆腐的、钉

马掌的摊前的小树上看到一笼鸟。这是他的伙伴。不过养鸟的还是以上岁数的较多,大都是从五十岁到八十岁的人,大部分是退休的职工,在职的稍少。近年在青年工人中也渐有养鸟的了。

北京人养的鸟的种类很多。大别起来,可以分为大鸟和小鸟两类。大鸟主要是画眉和百灵,小鸟主要是红子、黄鸟。

鸟为什么要"遛"?不遛不叫。鸟必须习惯于笼养,习惯于喧闹扰攘的环境。等到它习惯于与人相处时,它就会尽情鸣叫。这样的一段驯化,术语叫做"压"。一只生鸟,至少得"压"一年。

让鸟学叫,最直接的办法是听别的鸟叫,因此养鸟的人经常聚会在一起,把他们的鸟揭开罩,挂在相距不远的树上,此起彼歇地赛着叫,这叫做"会鸟儿"。养鸟人不但彼此很熟悉,而且对他们朋友的鸟的叫声也很熟悉。鸟应该向哪只鸟学叫,这得由鸟主人来决定。一只画眉或百灵,能叫出几种"玩艺",除了自己的叫声,能学山喜鹊、大喜鹊、伏天、苇乍子、麻雀打架、公鸡打架、猫叫、狗叫。

曾见一个养画眉的用一架录音机追逐一只布谷鸟,企图把它的叫声录下,好让他的画眉学。他追逐了五个早晨(北京布谷鸟是很少的),到底成功了。

鸟叫的音色是各色各样的。有的宽亮,有的窄高;有的鸟聪明,一学就会;有的笨,一辈子只能老实巴交地叫那么几声。有的鸟害羞,不肯轻易叫;有的鸟好胜,能不歇气地叫一个多小时!

养鸟主要是听叫,但也重相貌。大鸟主要要大,但也要大得匀称。画眉讲究"眉子"(眼外的白圈)清楚。百灵要大头,短喙。养鸟人对于鸟自有一套非常精细的美学标准,而这种标准是他们共同承认的。

因此,鸟的身份悬殊极大。一只生鸟(画眉或百灵)值二三元人民币,甚至还要少,而一只长相俊秀能唱十几种"曲调"的值一百五十元,相当于一个熟练工人一个月的工资。

养鸟是很辛苦的。除了遛,预备鸟食也很费事。鸟一般要吃拌了鸡蛋黄的棒子面或小米面,牛肉——把牛肉焙干,碾成细末。经常还要吃"活食",——蚱蜢、蟋蟀、玉米虫。

养鸟人所重视的,除了鸟本身,便是鸟笼。鸟笼分圆笼、方笼两种。一般的鸟笼值一二十元,有的雕镂精细,近于"鬼工",贵得令人咋舌。——有人不养鸟,专以搜集名贵鸟笼为乐。鸟笼里大有高低贵贱之分的是鸟食罐。一副雍正青花的鸟食罐,已成稀世的珍宝。

除了笼养听叫的鸟,北京人还有一种养在"架"上的鸟。所谓架,是一截树杈。养这类鸟的乐趣是训练它"打弹",养鸟人把一个弹丸扔在空中,鸟会飞上去接住。有的一次飞起能接连接住两个。架养的鸟一般体大嘴硬,例如锡嘴和交喙鹊。所以,北京过去有"提笼架鸟"之说。

* 本篇原载《汪曾祺全集》第六卷,北京师范大学出版社,1998年8月。